자연을 따라. 기초시

NACH DER NATUR
by W. G. Sebald

이 도서의 국립중앙도서관 출판예정도서목록(CIP)은 서지정보유통지원시스템 홈페이지
(http://seoji.nl.go.kr)와 국가자료공동목록시스템(http://www.nl.go.kr/kolisnet)에서
이용하실 수 있습니다. (CIP제어번호: CIP2017002848)

Nach der Natur. Ein Elementargedicht
W. G. Sebald

자연을 따라. 기초시

W. G. 제발트

배수아 옮김

문학동네

일러두기

1. 이 책은 아래의 원서를 완역한 것이다.
   W. G. Sebald, *Nach der Natur. Ein Elementargedicht* (Frankfurt am Main: Fischer Taschenbuch Verlag, 1988/2012)
2. 본문에 나오는 주는 모두 옮긴이 주다.
3. 외래어 표기는 국립국어원 외래어 표기법 규정에 따랐다.
4. 본문에 나오는 기독교 성인의 이름은 라틴어 철자에 준해 표기했다.
5. 본문 중 저자가 『성서』를 참조한 구절은 『개역 한글판 성서』를 토대로 일부 수정했다.
6. 단행본, 정기간행물 등은 『 』로, 시, 단편 등은 「 」로, 회화 및 공연 등은 〈 〉로 구분했다.
7. 원서에서 원어인 독일어 외의 언어로 표현된 부분은 고딕체로 표기하고, 해당 원어를 각주로 달았다.

차례

알프스의 눈과 같이

이제 가시지요, 우리 두 사람의 의지가 동일하니
당신은 저의 목자이자 주인이며 스승이십니다.
그러자 그가 앞서서 길을 이끌었고, 그렇게
나는 거칠고 가파른 여정을 떠나게 되었다.

단테 알리기에리, 『신곡』, 「지옥」, 제2곡

I

린덴하르트* 교회 제단
양측 날개 패널을 닫아
나무조각상 인물들을
속에 가두면,
왼쪽 날개 패널 위로
성 게오르기우스†의 모습이 나타난다.
그림 모퉁이 제일 앞쪽
지상에서 손바닥 하나 정도 거리를 두고
공중에 떠 있는 그는
금방이라도 제단화의 문지방을
넘어설 듯하다. 게오르기우스 병사,
철갑으로 싸인 몸통, 둥근 갑옷을 두른
가슴, 불그스름한 금발, 그리고 은빛으로 빛나는
선이 여성스러운 얼굴을 한 남자. 세상에 알려지지 않은
그뤼네발트‡의 얼굴은 자신의 작품 곳곳에서

* 독일 남부 바이에른 주에 있는 소도시 크로이센의 한 구역.

† St. Georgius(?~303). 로마 군인으로 초기 기독교의 순교자.

‡ Matthias Grünewald(1470?~1528). 독일의 화가, 도안가, 수력 공학자. 알브레히트 뒤러와 더불어 독일 르네상스를 대표하는 화가로 손꼽힌다. 자세한 내용은 옮긴이의 말 참조.

출현한다. 눈의 기적*을 목격한
증인의 모습으로, 사막의
은둔자로, 뮌헨에 남아 있는 작품에서는
모욕당하는 그리스도에게 동정심을 느끼는 사람으로.
그리고 마지막으로, 오후의 빛 속에 잠긴
에를랑겐 도서관 안, 흰 분홍의
색채가 두드러졌던, 훗날
또다른 손이 붓과 펜으로 덧칠하여
훼손해버린 자화상에서, 마흔 내지
쉰 살에 이른 화가 자신의 얼굴로. 언제나 그랬듯
유순하며, 언제나 그랬듯 침울의 그늘이 드리웠으며,
언제나 그랬듯 모양이 각기 다른 두 눈동자에, 흐릿한
한쪽 눈, 고독으로 비스듬히 침몰한 시선으로.
그뤼네발트의 얼굴은 바젤에 걸린
소 홀바인†의 그림에 또다시 등장한다.
이번에는 영예로운 성녀의 모습으로.
이들은 기묘하게 위장된

* 초기 기독교 전설 중 하나. 4세기 중엽 리베리오 교황이 성모마리아의 계시에 따라, 눈이 쌓이는 기적이 일어난 로마 에스퀼리노 언덕에 산타마리아 마조레 성당을 세웠다는 내용을 골자로 한다.

† Hans Holbein der Jüngere(1497?~1543). 성화와 초상화에 뛰어났던 독일 르네상스 시대의 화가. 동명 화가인 부친과 구분하기 위해 이름 앞에 '소小'를 붙여 명명한다.

닮음의 예라고, 파시스트들에 의해
저서들이 불태워진 프렝거*는 기록했다.
실로, 작품에서 남자들은
서로를 숭배한 듯이 보인다고, 마치 형제처럼
자신들의 노정이 서로 스치고 엇갈리던 장소마다
서로에게 기념비를 세워준 듯하다고. 그런 이유로
린덴하르트 교회 제단화 오른쪽 날개 패널
가운데 선 나이든 남자 역시 걱정스러운 눈빛으로
반대편 패널 속 젊은이를
지켜보는지도 모른다—몇 년 전 1월의 어느 아침
밤베르크 기차역에서
나 자신과 마주쳤던 바로 그 나이든 남자처럼.
그는 자신의 잘려진 머리를 들고 있는
성 디오니시우스† 이니.
화가 자신이 선택한,
삶의 한가운데에서 자기 자신의 죽음을
껴안고 가는 그 수호성인에게
그뤼네발트는 그로부터 이십 년 후

* Wilhelm Fraenger(1890~1964). 독일 에를랑겐 출신의 미술사가, 민속학자. 1936년에 발표한 그뤼네발트 연구서로 그뤼네발트 해석에 큰 영향을 주었다.

† Dionysius. 프랑스어로는 생 드니. 3세기 파리의 초대 주교. 몽마르트르 언덕에서 순교했다고 전해진다.

뷔르츠부르크 주교의 고문으로 양손이 박살나게 될

조각가 리멘슈나이더의 얼굴을 입힌다. 이토록 오래전부터

이미 고통은 그림 속에 배어들어 있다.

제단화에서 화가는 자신을

열네 명의 구난성인* 중

참으로 낮은 서열에 배치시켰고, 그것이

그가 아는 규율이다. 그들 구난성인

블라시우스, 아카티우스, 에우스타티우스, 판탈레오누스,

아에기디우스, 키리아쿠스, 크리스토포루스, 그리고

에라스무스와 수탉을 안고 있는

참으로 아름다운 성인 비투스,

이들은 모두 저마다 서로 다른 방향을

주시한다. 무슨 이유에서인지 우리는

알 수 없으나. 반면 세 명의 구난성녀,

바르바라, 카타리나, 그리고 마르가리타는

왼쪽 날개문 귀퉁이, 게우르기우스의

등뒤에서 하나같이 동양적 형태를 띤

머리들을 맞대고

남자들에게 대항하는 어떤 음모를

* 기독교에서 재난 구제에 소용된다고 여겼던 열네 명의 성인. 14세기 말 독일 도미니크수도회에서 이들을 존경하는 운동을 벌이면서 널리 알려졌다.

꾸미고 있다. 성별은 성인들에게조차
불운이며, 그에 따른 무서운
분열도 마찬가지다. 그뤼네발트도
몸소 체험하지 않았던가. 그리고 내쳐진
악마, 이 악마를 키리아쿠스는 단순히
공간이 비좁다는 이유에서가 아니라,
마치 어떤 상징을 내세우듯 허공에 높이
치켜들고 있는데, 성별이 여성인
그 악마는 프랑크푸르트 슈테델 미술관에 있는,
그뤼네발트가 대담한 기법으로 그려낸 그리자유*와
마찬가지로, 디오클레티아누스 황제의 간질을 앓는 딸,
골방에 갇힌 공주 아르테미시아를
나타낸 것이다. 이 작품에서 아르테미시아는
마치 개처럼, 키리아쿠스의 수대手帶에 다붙어 묶인 채
바닥에 무릎을 꿇고 있다.
그들의 머리 위로 불쑥 뻗어나온
열매 달린 무화과나무 가지, 열매 중 하나는
벌레에 파먹혀 속이 텅 비어 있다.

* Grisaille. 르네상스 시대 화가들이 입체감의 표현을 위해 많이 사용했던, 회색 등 채도가 낮은 단색으로만 그린 그림이나 화법.

II

마테우스 그뤼네발트 폰 아샤펜부르크
그의 생애에 대해 알려진 것은 거의 없다.
그 화가에 대한 기록이 남아 있는 최초의 책은
1675년 요아힘 폰 잔트라르트*가 펴낸
『독일 아카데미』인데, 저자는 영예로운 그 손에 대해서
글이나 말로 표현할 줄 알았던 사람을
단 한 명도 보지 못했다는
질책의 문장으로 시작하고 있다.
잔트라르트의 증언을 우리는 신뢰해도 좋을 것이다.
뷔르츠부르크 박물관, 초상화 속 그는
여든두 살인데도 정신이 아주 명민해 보이며
눈빛은 기묘하리만치 맑고 깨끗하므로.
마테우스는 채도를 달리한 회색과 검은색으로,
프랑크푸르트 도미니크회 수도원이 주문했고
뒤러가 완성한 마리아 승천 제단화의
양쪽 날개 겉면을 그렸다고,
그러므로 추정컨대 1505년 전후에 살았다고 한다.

* Joachim von Sandrart(1606~1688). 독일의 화가, 동판화가, 미술사가, 번역가. 주저인 『독일 아카데미』는 그뤼네발트의 전기를 담은 첫 미술사 기록이다.

그의 작품 중 눈에 띄는 것은 물빛으로 그린
다볼 산에서의 그리스도 변용 장면,*
그중에서도 불가사의하게 아름다운 구름,
공포에 휩싸여 넋을 잃은 사도들 위로 모습을 드러낸
모세와 엘리야를 감싸안은 그 구름은
독특함에 있어서
다른 어떤 화가의 그림도 따라오지 못했다고.
잔트라르트는 또한 마인츠 돔에 있던
세 폭 제단화에 대해서도 썼다. 안과 겉 모두에
그림이 그려진 날개 패널, 그중 하나에는
길잡이 아이의 손에 이끌려
꽁꽁 얼어붙은 라인 강 위를 걸어가던
앞을 보지 못하는 은둔자가
두 명의 살인자에게 습격당해
맞아 죽는 장면이 담겨 있었다고. 1631년 내지 1632년
이 제단화는 당시 한창 치열하던 전쟁중에
약탈당해 스웨덴으로 옮겨지다가
배가 난파하는 바람에 다른 수많은
동류의 예술품들과 함께
심해 깊숙이 가라앉아버렸다고 한다.

* 제자들이 산 아래에서 기다리는 가운데 홀로 다볼 산을 다녀온 예수의 얼굴이 환하게 빛나고 옷이 희어졌다는 일화를 가리킨다.

잔트라르트는 이젠하임에 가본 일이 없다.
그러나 그곳 제단화에 대해서는 들어서 알고 있었으니,
그가 기록하기를, 성 안토니우스*와
빼어나게 형상화된 괴물들을 함께 담아낸 그림은
묘사 하나하나가 살아 있는 것처럼 생명력이 넘친다고.
잔트라르트 자신이 로마에서
교황의 초상화를 그리던 시절에 본 적이 있는
두 손을 맞잡은 사도 요한 그림을 제외하면
〈이젠하임 제단화〉는 그 아샤펜부르크 화가가 그린 것 중
유실되지 않고 남아 있는 유일한 작품일 것이며,
그 밖에 자신이 그 화가에 관해서 아는 것은
그가 생애의 대부분을 마인츠에서 거주했으며,
고독하고 멜랑콜리한 삶을 살았다는 것,
불행한 결혼생활을 했다는 것이 전부라고.

* St. Antonius(251?~356?). 기독교 수도주의의 창시자. 젊은 시절 재산을 가난한 이들에게 나눠준 뒤, 황야로 들어가 악마의 유혹과 위협을 견디며 금욕생활을 했다고 전해진다.

III

유대인에 대한 박해는
오랫동안 공공연한 전통이었고
프랑크푸르트암마인에서도 예외는 아니었다.
1240년 무렵에는 173명의 유대인이
일부는 맞아 죽었고 일부는
자발적으로 화형을 선택하여
불꽃 속에서 최후를 맞았다고 한다. 1349년에는
스스로의 몸을 채찍질하는 고행자들이
엄청난 학살을 유대인 거주지에서 저질렀다.
유대인들이 직접 자신들의 몸에
불을 붙였다는 또다른 기록도 있다.
그 대화재가 한바탕 지나가고 나서는
대성당 언덕에서 작센하우젠 너머까지
한눈에 다 들어올 정도였다고 한다.
그 사건 이후 유대인들은
마음 편히 프랑크푸르트로 되돌아오지 못했다.
15세기 중엽에는
복장에 관한 법률이 공포된다.
겉옷 앞쪽에 노란색 고리를 부착해야 한다는.

나중에는 사과만한 회색 원을
그려넣도록 한다. 기독교인과 유대인 간의
모든 종류의 신체적 접촉을 방해하려는
목적으로, 그런 접촉에는 이미 오래전부터
죽음의 처벌이 있어왔다.
나아가 프랑크푸르트
상원의회는 시민계급에 적합한
도시 행정의 일환으로, 그리고 발전적인
개혁과 공공위생을 위해, 시의 비용으로 볼그라벤* 근처에
열네 채의 집과 한 채의 시너고그로 이루어진
유대인 게토를 건설한다.
사료에 따르면, 그뤼네발트가 살던 시대 그곳에는
스물세 채의 집이 있었으며, 얼마 지나지 않아
게토의 경계선은 조금도 확장되지 않은 채로
거주민의 숫자가 삼천을 헤아리게 되었다고 한다.
밤이면, 그리고 일요일이면 오후 네 시부터
게토로 통하는 문이 폐쇄되고
주민들은 그 어디로도 갈 수 없다.
단 한 그루라도 초록빛 나무가 자라는 곳으로는 갈 수 없으며

* 프랑크푸르트를 가로지르는 마인 강에서 농장 성탑으로 이어지는 못도랑.

경계벽 위로 올라가서도 안 되고
로스마르크트 광장에도 뢰머베르크 광장으로도
가로수 길에도 가지 못한다. 바로 그 게토가
유대인 소녀 엔친의 고향인데,
그녀는 화가 마티스 그루네*와
결혼식을 올리기 몇 개월 전
성 안나†의 이름으로 세례를 받았다.
1938년 히틀러의 생일에 맞추어
구식 슈바바흐 활자체‡로 인쇄하여 출간한
역사적 인물 그뤼네발트를 다룬
위대한 저서에서
저자인 철학박사 W. K. 췰히는
이 예외적인 결합에 대해
언급하지 않았다. 그뤼네발트는
브뤼켄토어 문을 통과하여
게토 바로 바깥에 있는 자신의 작업실 앞
프레디거가세 골목길을 오가던, 외모가
유난히 아름다워 사람들의 시선을 끌었다는 그 소녀를

* 마티아스 그뤼네발트의 옛 표기.

† 성모마리아의 친모. 정경 복음서에는 등장하지 않지만, 동방 정교회에서 6세기 경부터 성녀로 추앙되었다.

‡ 루터가 라틴어 성서를 독일어로 번역하면서 인쇄에 사용했던 프락투어 활자체의 한 종류. 12세기부터 17세기까지 널리 쓰였다.

눈여겨보았을 것이다.
그러나 그가 일 년 뒤
자신과 결혼하게 되는 안나를
개종하도록 설득했다는 말은
그 어디에도 나오지 않는다.
그보다는 도리어 그녀 스스로가
당시로서는 드물게 강인한 결단력을 발휘해
또는 자포자기하는 심정으로
그 일을 적극적으로 추진했다는 편이 옳을 것이다.
아마도 순전히, 초록을 연상시키는
화가의 이름 때문에 먼저 사랑에 빠진
소녀가 기회가 올 때마다
화가의 눈동자를 깊이 응시하는
방식으로. 이는 당시 〈이젠하임 제단화〉라는
대규모 작업을 의뢰받는 바람에
마인츠 궁정화가 자리에서 물러나 있던
미혼 마이스터의 입장에서
나쁘지 않은 것이다.
어차피 그도 가정을 꾸리지 못하면
조수나 제자를 받기가
힘들었던 터였기에.
1512년 12월 17일 그뤼네발트가

대성당 바로 앞에 있는
집 한 채를 이십삼 굴덴
십이 실링을 주고 구입했을 때
당시 서류에 나와 있듯이 그는 이미
안나라는 세례명의 여인과 결혼한 상태다.
세례식 때부터 벌써
그녀에게 산더미 같은 선물을 안겨주었던
프랑크푸르트 기독교 사회는
그녀를 하나의 큰 성취로 여겼으니
개종한 이 젊은 여성은
그뤼네발트에게 행운이 될 수도 있었을 것이다.
현실이 그렇지 못했다면 그 이유는,
세월이 흐르면서 화가 자신이
은둔의 삶을 선택하여 거의 숨어살다시피 했고,
사회가 보내오는 칭송 역시
물리쳐버렸기 때문일 것이다.
또다른 이유를 들자면, 화가의 작품에도 나타나듯이
그가 남자들에게 더 큰 호의의 눈길을 보냈다는 것.
남자들의 얼굴과 육체가
지극한 정성으로 묘사된 데 비하여
대부분의 여자들은 온몸을 칭칭 둘러 감춘 형상인데,
덕분에 화가는 여자의 모습을 자세히 쳐다보아야 하는

공포로부터 벗어날 수 있었다.
아마도 그뤼네발트가家의 안나가
성질 사나운 여인네,
사악함과 두통과 광기의 희생양이 된 데는
그런 배경이 자리잡고 있었으리라.
마침내 치료를 위해
병원에 입원하게 된 그녀는
화가가 죽음을 맞을 때까지
허약한 육신을 입은 채
그곳에서 삶을 버텨낸다.

IV

시카고 미술관에는
이름이 잘 알려져 있지 않은 젊은 화가의
자화상 한 점이 걸려 있다—1929년 스웨덴에서
프랑크푸르트암마인의 미술품 시장으로 건너갔던.
스무 살이 될까 말까 한 젊은이가
작은 방 창가에 앉아 있는,
작은 단풍나무 판자에 그려진 그림이다.
젊은이 뒤편으로, 원근법상
완전히 들어맞지는 않은 구도의 선반에, 물감통과
색연필, 조개껍질과 투명한 액체가 담긴
값진 베네치아산 유리병이 놓여 있다.
화가는 손잡이가 아름답게 세공된
상아 장도를 들고 깃펜 하나를
다듬는 중이다. 그의 앞,
잉크병 바로 옆에 누워 있는 여인의 나신을
계속해서 그리기 위하여.
그의 왼편 창밖으로 보이는
산과 계곡의 풍경 속으로
한 줄기 길이 산자락까지 뻗어 있다.

췰히의 철학적 고찰에 따르면, 이 길은
세상으로 나가는 통로이며
그 길을 걸어간 이는 오직 하나,
흔적도 없이 사라져버린 그 남자뿐인데,
자신의 과업은 그 남자를 연구하는 일이고
익명으로 남아 있는 바로 이 그림에서
그 남자의 예술을 발견했다고 생각한다고.
창틀 위에 적힌 화가의 서명
M과 N에 대해 설명하자면,
문헌에는 존재하지만
입증된 작품은 없는 화가
마티스 니타르트가 그뤼네발트의 이름 뒤에
모습을 감추고 있는 것이라고.
그런 이유로 이니셜 M, G, N이
〈아샤펜부르크 제단화〉에 새겨져 있는 것이고,
그런 이유로 이 젊은 화가가
연령의 차이로 그 동일성이 더 기묘해 보이지만
〈이젠하임 제단화〉 속 화살에 꿰뚫린 세바스티안,
그 인물에 자신의 얼굴을 덧씌운 화가와
동일인일 것이라고.
실제로 당시의 문헌을 살펴보면
마티스 니타르트라는 인물의 이력은

그뤼네발트의 생애와
상당 부분 겹치는 것이 사실이므로,
한 명이 다른 한 명의 생 전체를
그리고 최종적으로는 죽음까지도
대신하여 수행했다고 할 수 있을 정도다.
세바스티안이 그려진 패널을 뢴트겐선으로 조사했을 때
우울하게 가라앉은 성자의 표정 뒤편에 숨겨진
똑같은 얼굴 하나가 또 나타났는데, 화가는 그 옆모습
극히 일부분을
마지막 덧칠로
아주 약간만 살려
최종 얼굴에 활용했다.
여기, 이 둘 모두에게 속한 하나의 육체
상처입은 하나의 몸에
두 명의 화가가 깃들어
자신들의 본성-자연을 탐색한다. 처음에는 니타르트가
거울에 비친 자화상을 그려냈고, 그다음 그뤼네발트가
크나큰 애정을 담아, 정밀함과 인내심을 기울여
푸르스름한 수염 자국조차 놓치지 않을 정도로
피부 한 점 한 점, 털 한 올 한 올
지극한 정성과 관심을 바쳐
자기 분신의 자화상 위에 새로운 얼굴을 더했으니.

그렇게 완성된 순교자의 모습은
경악과 지조 사이에서 동요하지만
그럼에도 피 흐르는 상처의 가장자리마다
숨길 수 없이 느껴지는
남자들 간 우정의 현신이다.
분수 제작자이기도 했던
니타르트가 말년에 이르러
점점 더 사람을 멀리하며 지내던 이젠하임의 거장과
정체성을 혼동하는 정도가 심해진 것이고, 니타르트가
그뤼네발트, 그리고 불행으로 인해 그가
다다를 수 없게 된 세상 사이의
연결고리였을 가능성도
배제하지 못한다. 1527년경,
알자스에서의 작업 이후 약 십이 년이 흐른 뒤,
니타르트는 일정 기간
그뤼네발트와 삶을 공유했을 도시
프랑크푸르트를 떠나 할레로 갔다.
할레 시의 명소인 식염천에 설치할
분수를 제작하기 위해서.
아샤펜부르크 마인 강변에 있는 놀라운 기계이자
멋진 볼거리인 바퀴 장치와 같은 종류의
고도로 복잡한 제분시스템과

도관시스템을 만들게 된 것이다.
그러나 니타르트는 할레에서
결코 많은 일을 완수하지 못했으며 빈번하게
거주지를 바꾸는 신세가 되었다고 한다. 1528년
여름, 니타르트는 깊은 우울증에
빠지게 되는데, 그로부터 죽음이
빠른 속도로 그를 덮쳤을 것이다.
니타르트의 부고가 전해지자
프랑크푸르트 시의회는
그의 아틀리에에 있는 가재도구를
조사하여 등록하라고 지시한다.
각양각색의 물건 목록이 작성된다.
숟가락, 잼 그릇, 비누 제조용 솥,
분수용 피대皮帶, 흰색 가죽을 덧댄
염소 모피 열다섯 점, 티롤 지방의
슈바츠 은화와 구리 동전,
책, 포고문, 문서, 그리고 많은 수의
루터 전단까지. 그런데 이 모든 물건을 압도하는
휘황한 존재는 바로 독특하고 화려한
색채의 보고들이다. 연백색과 은색,
산화철의 붉은색, 황화수은의 적색, 편암의 청회색,
흙의 암록색, 연금술의 녹색, 그리고 푸른색의

물유리들과 동방에서 온
광물성 염료들. 아름다운 옷가지도 있었는데
구체적으로 들자면 노란 황금빛 바지 몇 벌에
벨벳으로 옷단을 장식한 검은색 윗도리,
검은 망사가 달린 큼직한 심홍색 공단 조끼,
챙이 넓은 붉은색 모자 하나,
다양하고 멋진 장신구들까지.
이 유품은 사실상 두 명의 남자들에게 속했던 물건이나,
색채의 발명가이기도 한 그뤼네발트가
화려한 의복에 대한 취향까지도
세상을 뜬 벗과 공유했는지,
우리는 확실하게 말할 수 없다.

V

스트라스부르에서 부르고뉴 입구까지
이어지는 커다란 군용도로가
보주 산맥 줄기를 남으로 따라가다가
게브빌러 횡곡에 자리잡은
로텐바흐 지역을 가로지르는 지점에
이젠하임 마을이 있다.
그곳의 교단 참사회에는
357년에 테베 사막에서 생을 등진 은수자
안토니우스로 거슬러올라가는
전설적인 역사가 있으니,
독자적 자치권을 소유한 그들은
1300년경 당시
서구 전체를 공포에 떨게 만들었던,
피를 오염시키고
끝내는 사지를 썩게 만드는 전염병,
나병과 더불어 중세 최악의 질병에 속하는
안토니우스열병* 환자를 수용할

* 맥각중독증. 중세 유럽 및 르네상스 시대에 특히 만연했던 질병으로, 만성이 되면 고열, 괴저, 경련, 시각 장애, 환각 등의 증상이 나타나며 결국 죽음에 이른다

교단 병원을 짓기 위하여
뮈르바흐의 클뤼니 교단으로부터
건물 부지와 토지를 사들였다.
안토니우스열병의 기세가 점차
사그라들자, 안토니우스 수도회는
정신이나 육신이 망가져 고통받는 다른 환자들도
병원에 받아들였다—간질 환자들과
1490년경 이후 엄청난 규모로 퍼져나간
쾌락의 질병 매독 환자들을.
병원에 도착했을 때 이미
너덜너덜한 반송장이나 다름없는 환자들은
첫번째 치료의 일환으로
악을 증거하는 성스러운 존재로서
예배당 제단 앞으로 옮겨진 다음
신의 순교자 이름으로 세례를 받게 되니,
그다음에야 비로소 약간이나마
그들의 왜곡된 외형에도 불구하고
또는 그러한 외형을 입고서
구원의 끄트머리에 가닿을 수 있었다.
그런 도중, 제단 안에 담겨 있는

고 한다. 성 안토니우스가 이 질병으로 고통받는 많은 환자를 기적적으로 치유했다는 전설에 따라 안토니우스열병이라고도 부른다.

성 안토니우스의 성유물에서 정말로
기적이 흘러나오기도 했고, 또는
신체 일부가 경악스럽게 일그러진 환자들에게
참사들이 매년 부활절
이제르 강변 생마르셀랭에 있는
생탕투안드비엔누아 수도원으로 가서
그곳에 안치되어 있는 성 안토니우스의 유골에
포도주를 부어 만드는 신비의 영약,
그 성스러운 포도주를 반복해서 투약해주다보면
환자들이 비참함에서 해방되는 경우도 드물지 않았다.
수도원의 사환은 두 번 증류한 그 액체를
마을 여기저기 다니면서
팔기도 했는데, 농부들은 그 액체로
목동과 가축의 수호성인이 그려진
방울을 목에 건 돼지들에게
성호를 그어주기도 했다.
참사 열두 명 중 여덟 명이
평소 한 스승 아래서 철학을 공부하던
바로 그 병원에서
청결의 의례가 거행되었고
그들의 의례에 따라 환자들을 다루었는데,
그런 의식은 환자의 육체 위에서 벌어지는 사투,

광기를 발휘하는 죽음의 현존에 대항하는 사투가 되고,
그것은 곧 인간의 가장 밑바닥에서부터 치밀어오르는
처절한 몸부림이 되었으니,
이젠하임의 교수 귀도 구에르시가
그뤼네발트에게 의뢰한 제단화는
가장 아름다우며
동시에 가장 소름끼치는 색채로
창백한 피고름이 철철 흐르는
바로 그런 순간을
살아 있는 현실로 불러내야 했고,
그렇게 표현된 그림의 강력한 효과가
치유의 중요한 역할을 맡을 수 있어야 했다.
늦어도 알자스 장애인 시설에서
작업을 시작할 즈음,
자기 육신을 파고들어가는 몸들과
자기 육신을 파헤치고 기어나오는 몸들이 모여 있어
그림의 풍부한 재료를 제공한 그 장소에서,
워낙에도 극단적인 세계관에
마음이 끌리던 것이 분명한 그뤼네발트는
이미 삶의 구원이란
삶으로부터의 구원일 수밖에 없음을 이해하고 있었다.
실제 제단화의 날개 패널에는

끔찍하게도 언제 어디서나 끊임없이 지속되는 그런
삶의 비참함이 그대로 등장하지는 않으며, 인물들은
존재의 고통에서 일찌감치 떨어져나왔으니,
설사 고통이 있다고 해도 그것은
비현실적이고 허황한 소동으로,
소름끼치는 악마에게 머리채를 잡힌 채
땅바닥을 질질 끌려가는
시험당하는 성인 안토니우스의 모습으로
그뤼네발트는 구현해놓았다.
그림의 왼쪽 맨 아래에는
매독균 때문에 온몸이 고름집으로 뒤덮인
이젠하임 병원의 환자 하나가
쪼그리고 앉아 있다. 그 위로는
머리가 둘에 팔이 여러 개인,
자웅동체 괴물 하나가
턱뼈를 치켜들고 성인에게
최후의 일격을 가하는 참이다.
오른편에는 죽마처럼 기다란 다리에
사람의 팔이 달린 괴물 새가
몽둥이를 치켜들고 있다.
그뒤와 옆, 그림의 한가운데에는
상어나 뱀 비슷한 아가리를 벌려 이빨을 드러낸,

비액이 줄줄 흐르는 콧구멍을 번쩍 치들고 있는,
지느러미처럼 생긴 차갑고 흐늘흐늘한 날개를 단,
털과 뿔과 내장이 뒤집힌 듯 쭈글쭈글한 피부로 덮인
이 모든 생명체의 혹들이 서로 엉켜서 허우적대며
허공에서, 땅에서, 물에서 난무한다.
화가에게는 바로 이런 형상들이 천지창조의 산물이니,
지상에 발을 붙인 채로
갈팡질팡하면서
부활을 향해
가파르게 곤두박질치는 우리의 초상,
기생충처럼 살점 속으로 파고들었다가
다시 살을 헤집고 튀어나오면서
자라난 덩어리들이
괴물 무리가 되어
은자의 고요 속으로 침입한다.
그뤼네발트는 소리없이 묘사했다.
비명과 울부짖음, 야수의 으르렁대는 소리,
그르렁거리는 고통의 소리로 가득한 병적인 광경을,
오직 붓의 움직임만으로.
화가는 알고 있었다. 화가 자신과 그의 예술까지도
그 광경에 속해 있음을. 그뤼네발트의 작품에
등장하는 모든 대상은 거의 공통적으로

공포와 경악에 사로잡혀서
목을 뒤로 급격하게 젖힌 채
목구멍을 활짝 드러내고,
눈이 멀도록 이글거리는 빛을 향해
시선을 고정하고 있는데, 그것은
자연은 원래 조화를 모르며
다른 존재를 대상으로
맹목적인 실험을 행하는데다가
어리석은 취미 공작가처럼
뭔가 도달할 만하면
몽땅 몰살시켜버리고 만다는
화가의 세계관을
육체를 빌려 빼어나게 표현한 결과다.
어디까지 갈 수 있는지 한번 해보기,
이것이 자연의 유일한 목표다. 발아,
성장, 그리고 번식,
우리 안에서, 우리를 통해, 그리고
우리 머리에서 나온
쓰레기 더미에 불과한 기계를 통해서도.
그사이 우리의 등뒤에서는
이파리를 잃고 벌거숭이 몰골을 한 초록의 나무들이
그뤼네발트의 그림에 항상 등장하는 모양새로

하늘을 향해 몸을 세우고 있고,
이끼 비슷한 뚝뚝 흐르는 물질이
죽은 가지들을 뒤덮는다.
사막의 거주지에 있는 성인
안토니우스에게 부리로 음식을
물어다준 검은 새는
아마도 지금 우리를 향해서 점점 더 가까이
날아오고 있을 것이다.
투명한 심장을 가진 그 새에 대해서
종말을 예언한 또다른 성인의 말처럼,
새는 바다에 배설물을 쌀 것이다.
그리하여 바다는 끓어넘치고,
그리하여 대지는 진동하며,
철탑이 서 있는 대도시는
화염에 휩싸이리라.
교황은 쪽배에 몸을 숨기며
암흑이 세상을 지배할 것이고
그곳, 검은 성채가 무너진 곳에
누런 회색의 흙먼지가 일어
땅을 뒤덮으리라.

VI

1505년경 바젤에서 완성된
십자가에 못 박힌 예수 그림에는
비통에 잠긴 무리 뒤편으로
멀고 깊은 심연으로 빨려들어가는 풍경이 펼쳐진다—
너무도 아득하여 우리의 시선이 닿지 못하는 어둠의 끝을 향해.
갈색으로 타버린 그을린 대지는
그 형상이 고래의 머리 또는
아가리를 벌린 리바이어던을 닮았는데,
창백한 초록의 풀밭, 움푹한 구덩이와
수면이 번득거리는 질퍽한 늪지대를
집어삼키는 형국이다. 대지 위에는 언덕들이
단계적으로 점차 흐릿하게 어두워지는 지평선 뒤편
그리스도 수난 이전의 이야기 위로 솟아 있다.
겟세마네 동산의 문이 보이며,
추격자들이 점점 다가오는 가운데
무릎을 꿇은 그리스도의 형상이
너무나 조그맣게 그려져 있어서,
공간의 소실 효과가

가속하는 시간의 역동을 느끼게 한다.
분명 그뤼네발트는
파국의 그날 밤을,
저세상으로부터 비쳐오는
마지막 빛의 흔적을
자연을 따라 그렸으리라, 1502년
그가 피히텔 산맥 아래 빈틀라흐에서 했던
린덴하르트 교회 제단화 작업의 기억을 되살리면서.
그해 10월 1일까지 달의 그림자는
유럽의 동부, 폴란드 남부를 거쳐
라우지츠, 보헤미아, 메클렌부르크로 미끄러져갔고,
아샤펜부르크의 궁정 점성술사
요한 인다기네와 교류가 있던 그뤼네발트는
이 경로를 그대로 따라 여행하면서
많은 이들이 경외심에 싸여 기다리던
세기적 일식,
세계의 신비스러운 쇠락의
증인이 되었을 것이다.
낮의 한가운데서 마치 정신이 아득해지듯이
초자연적으로 혼미한 저녁이 찾아오고
층층이 쌓인 안개와 구름
차갑고도 무거운 그 푸르스름한 색채 위로

하늘의 궁형 지붕에는
붉음이 장대하게 타오르니
색채들이 눈부시게 창공을 유랑한다.
그 누구도 목격한 적이 없는 현란함,
화가의 뇌리에서 영원히 사라지지 않을 광경.
색채들은 공기의 또다른 성질이 만들어내는
스펙트럼의 뒤편을 펼쳐보인다.
산소가 결여된 그 허공은
이젠하임 제단 중앙화의 인물들이 겪는
호흡곤란의 고통을 통해
우리의 질식사를 예언하며,
그뒤로 십자가 아래서 애도하는
눈물의 풍경이 다가올 터인데
그뤼네발트는 격정의 시선으로
미래를 주시하면서 낯설고
기이한 행성을, 검푸른 강물 뒤에
석회빛으로 그려넣었다.
심각한 침식과 황폐화로
마침내는 바위마저 하얗게
마모되는 육지.
그것을 보고 있노라면
나는 빙하기의 시간이 떠오른다.

또한 시험의 장소 위로
눈부신 흰색의 탑 모양으로 솟은
산봉우리들,
형이상학적 성좌,
그리고 352년에 일어난
눈의 기적,
한여름 어느 날
로마의 에스퀼리노 언덕에
하얗게 쌓이며 쏟아진 흰 눈도.

VII

1525년 봄, 그뤼네발트는 말에 올라
4월의 햇살과 소나기를 맞으며
빈츠하임으로 향했다. 그곳
야코프 제클러의 작업장에
교회 제단을 장식할
포도나무 이파리와
여러 종류의 새를 본뜬
조그만 조각 제작을 맡긴 터였다.
제클러가 마무리 손질을 하는 동안,
그뤼네발트는 바르텔 베함, 그리고
제발트 베함과 대화를 나누게 되었다.
뉘른베르크 출신인 이들 형제는
각각 동판화가며 도안가인데,
신을 믿지 않는 화가라 하여
1월 12일 체포되었고 이교도로 몰려
고향 도시에서 추방당한 몸으로
빈츠하임 화가의 집에 잠시 머물고 있었다.
형제는 희미하게 밝아오는
아침 들판으로 산책을 나설 때부터

밤이 깊을 때까지
뉘른베르크에 살았던 토마스 뮌처*에 대해 이야기했다.
그가 슈바벤 지방을 거쳐 알자스로
스위스로 슈바르츠발트로 옮겨다니며
봉기를 도모하고 있다고,
여섯번째 나팔이 울려퍼지니
딱한 말들이 입 밖으로 터져나와야 할 때라고,
요란한 소리를 내며
성령강림절이 시작되면
산더미 같은 물이 밀려오고,
물고기자리의 황도에서
행성들이 부글부글 끓어오르며
모여들게 될 것이라고.
붉은 별이 농민의 상징인
토성과 합을 이루면
이윽고 환상의 불길이
환하게 타오를 것이라고,
곧 도래할지 모를 미래에
초라하고 모자란 일꾼이

* Thomas Müntzer(1489~1525). 독일의 혁명가이자 신학자. 종교개혁 당시 중부 독일의 봉건 지배자들에게 저항하며 사람들을 봉기로 이끌었지만, 농민전쟁 중 체포되어 처형당했다. 그는 1521년 루터의 문자적 신앙을 현학적이며 체제순응적이라고 비판하며 영적 신앙을 대립각으로 내세운 「프라하 선언」을 발표했다.

북쪽의 메시아로 밝혀지는 날이 오면.
그뤼네발트가 말했다.
어린 시절, 여섯 살인가
일곱 살 무렵, 니클라스하우젠의
설교자가 가난한 이들을 위한
지상의 복락을 약속하며
민중을 선동한 적이 있었다고.
매일 오만 명이 그에게 몰려들었고
그의 교당에는 엄청난 금은보화가 쌓였다고.
그런 시기도 잠시,
그는 상스러운 천민들의 구경거리 신세가 되어
뷔르츠부르크에서 불에 그슬려지고 말았다고.
그뤼네발트는 이어서 말했다.
대지 위로 아름다운 무지개가 떠오를 때면
무지개 아래서 말을 탄 기사들이 진지를 박차고
달려나오는 모습이 보입니다.
빈츠하임의 숲을 따라 산책하면서 그뤼네발트는 말했다.
형제여, 나는 압니다. 낡은 옷은 찢어진다는 것을.
내가 두려워하는 것은 다만
소멸을 향해 기울어지는 시간이지요.
5월 중반, 그뤼네발트는
장식조각을 받아

프랑크푸르트로 돌아왔다.
어느새 알곡은 희게 여물어
추수를 기다리는 중이었으나,
날카로운 낫은
프랑켄하우젠의 기이한 전투에서
농민군 오만 명의 생명을 베어내고 있었다.
희생된 용병들은 거의 없었으나
쓰러진 농민의 시신 더미가
산처럼 쌓였던 대학살의 전장—
그들 농민군은 무엇에 사로잡힌 듯
자신을 방어할 줄도 몰랐고
달아날 생각도 하지 않았기 때문이다.
5월 18일, 이 소식을 들은
그뤼네발트는 그후로
집 밖을 나가지 않았다.
보덴 호수와 튀링거발트
사이에 있는 지역에서
눈알을 파내는 처벌이
한동안 행해졌음을 들은 뒤에는
몇 주 동안
검은 천을
눈에 두르고 있었다.

VIII

아홉 살 난 아이는
화가와 함께 말등에 타거나
때때로 짐수레 위
꼭대기 자리에 앉는다.
안나와의 결혼으로 얻은 외동아이를
생각할 때마다, 화가는 경이로움을 느낀다.
참으로 아름다운 길이다, 1527년 9월
물가를 따라 계곡을 통과하는
이 마지막 여정은. 대기는 나뭇잎 사이로 비쳐드는
햇빛 줄기를 흔들고, 높은 언덕에 서면
주변을 둘러싼 드넓은 벌판이 내려다보인다.
바위에 기대 휴식을 취하는 동안
그뤼네발트의 가슴에는 스스로의 불운과
할레 수력기관 기술자의 불운이
동시에 다가온다.
바람은 우리를 마치 찌르레기처럼
그늘이 내려앉는 시간으로
싣고 간다. 최후까지 남아 있는 것은
오직 주문받은 일감뿐. 오덴발트 지방의

에르바흐, 그곳 에르바흐 가문의 요청으로
화가는 생애의 나머지 시간을 제단화 제작에,
또다시 십자가의 예수와 눈물의 비통에 바친다.
삶을 덜어내는 일이 서서히 진행된다.
이제 그뤼네발트의 긴 여행은
눈의 응시와 붓 움직임 사이의
구간에서만 일어나는데, 평소보다
더욱 빈번하게 그의 예술은
중단을 겪는다. 작업장과
바깥 푸른 자연에서
아이를 교육하기 위해.
그러나 화가 자신이 구체적으로
무엇을 교육했는지에 관해서는
그 어디에도 기록된 바가 없고, 남아 있는 것은
아이가 열네 살이 되던 해 알려지지 않은 원인으로
갑작스럽게 사망했으며, 화가 또한
아이의 죽음 이후
오래 살아 있지 않았다는 것이 전부다.
앞을 주의깊게 살피면,
회색빛 땅거미 속에서
멀리 풍차가 도는 것이 보이리라.
숲은 뒤로 물러선다, 실로

원래의 위치를 짐작할 수 없을 만큼
상당한 거리를 이동한다.
얼음집의 문이 열리고
들판 위로 서리가 내리며
대지에 색채 없는 그림을 그린다.
이렇게 보이리라—마지막 시신경이
파괴되는 날, 하늘은 고요하고
세상은 오직 흰빛이리니. 마치
알프스의
눈과 같이.

그리고 내가 바다 끝에 가서 머물지라도

······너, 점점 더 높이 솟구치는 파도여!
오, 마지막, 마지막이구나! 배가 가라앉고 있도다!
언제까지고 입을 벌리고 있는 저 거대한 무덤 위로,
음산한 죽음의 노래를 울부짖는, 폭풍이여!

프리드리히 고틀리프 클롭슈토크, 「세계」

1746년 2월

I

프랑켄 지역 빈츠하임 태생의
게오르크 빌헬름 슈텔러는
할레에서 대학을 다니던 중
광고신문 『인텔리겐츠블라트』에서
특정한 기사를 반복해서 보게 되는데,
러시아의 여제가 제국 확장의 일환으로
이제껏 한 번도 시도해보지 않은 탐사를 감행하고자
대규모의 탐험대를
태평양 연안까지 파견하여
그곳에서 아메리카까지 이어지는 직항로를
찾아내겠다는 내용이다.
탐험대의 대장은 놀랍게도 약 이백오십 년 후에
문학의 수면 위로
떠오르게 되는 머리의 주인공
비투스 베링*이다.

* Vitus J. Bering(1681~1741). 덴마크 출신의 러시아 해군 대령으로 두 번의 캄차카 탐험을 이끌었다. 제발트가 염두에 둔 작품은 오스트리아의 아방가르드 작가 콘라트 바이어Konrad Bayer(1932~1964)가 쓴 몽타주 기법의 전기소설 『비투스 베링의 머리』다.

II

탐험 여행에 대한 온갖 광경이
슈텔러의 환상 속에서 파노라마처럼 펼쳐지며
떨어질 줄을 몰랐다.
아름다운 테너의 음색을 타고났던,
교회 성가대 지휘자의 아들인 그는
교회에서 받은 장학금으로
처음에는 비텐베르크에서 공부했으나,
곧 신학을 배반하고
자연과학으로 전공을 바꾸었다.
졸업시험을 최우등 성적으로 통과하기는 했지만
시험 기간 중에도 그는,
동쪽과 서쪽, 북쪽 지역이
서로 만나는 땅, 그곳의
동물군과 식물군만을 떠올렸고
그것들을 묘사하고 표현할
생각에만 사로잡혔다.

III

비록 조만간 당국에 의해
식물학 교수로 임용될 입장이고
그로 인해 시민계급에
정식으로 편입될 예정이기는 했으나,
그럼에도 불구하고 슈텔러는
원래 그러했듯이, 한 푼도 지니지 않은 채
주머니에 든 수첩 말고는 거의 아무런 소지품도 없이
박사학위 구두시험을 치른 바로 다음날
역마차에 몸을 싣고
러시아군이 점령중이던 도시
그단스크로 향했다.
그곳에서 수백 명의 상이병을 태우고
러시아 본토로 돌아가는
우편선의 의료 조수로
채용되었기에.

IV

태어나서 바다를 처음 만난 슈텔러는
배가 그단스크 만을 벗어나는 순간
한동안 갑판 위에 서서
물 위를 떠가는 항해에 넋을 잃고 있었다.
바다의 광폭함과 웅장함
공기 속에 어린 소금기
배 아래로 깊숙이
가라앉은 까마득한 어둠에.
왼편으로 길고 가느다란 헬 반도의 끄트머리,
오른편에는 싱그러운 석호를 감싸는 곳.
밝은 회색빛으로 그어진 한줄기 선이
더욱 밝고 흐릿한 회색빛 대기 속으로
영원을 향하듯 스며들어간다.
저 뒤편의 땅이 한때 독일이었으니
그는 어린 시절과
빈츠하임의 숲,
소년 시절 학교에서 지루하게 배웠던
고대어를 떠올렸다.
페르스크루타미니 스크리프투라스(문헌을 연구하라),

이 말은 이렇게 바꾸어도 되지 않을까,

페르스크루타미니 나투라스 레룸(자연을 연구하라).*

* perscrutamini scripturas; perscrutamini naturas rerum. 이 라틴어 문구는 중세 의학자 파라셀수스의 말이다.

V

키론시타트, 오라니엔바움, 페테를고프를 거쳐
마침내 네바 강변의 늪지대
토리첼리의 진공 같은 그 텅 빈 공간 속으로
서른네 살의 빈털터리 남자가 도착한다.*
요새 도시 상트페테르부르크
러시아의 새 수도
방금 도착한 이방인에게는
섬뜩한 인상으로 다가오는
이제 막 시작한 혼돈 자체인 곳
완성과 동시에 비스듬히 가라앉기 시작하는 건물들,
그 어디에서도 똑바로 선 구조물은 보이지 않는다.
황금률에 따라 설계된
도로와 광장, 부두와 다리,
쭉 뻗은 소실선, 파사드, 창열 들은
미래가 메아리치는 공허 속을 통과하며
서서히 다가오는 중이다.
끝없는 공간에 대한 공포심으로 탄생한 도시에

* 원서에는 서른네 살로 되어 있으나, 실제로 슈텔러가 상트페테르부르크에 도착한 것은 스물네 살 때의 일이다.

영원의 계획을 건설하기 위하여—
아르메니아인, 터키인, 타타르인
칼미크인, 스웨덴 이주민,
독일인, 프랑스인, 그리고
긴 가로수길을 따라 구경거리로 걸려 있는
살갗이 벗겨지고 사지가 잘려나간 시신들,
고문당해 죽은 범죄자들의 몸으로
인구과잉인 이 도시에.

VI

강 건너편, 마리엔 병원에 있는
이름난 식물원에 도착해서야
슈텔러는 도시의 혼돈을 벗어난다.
화단 사이로 난 길을
신중하게 걸으며 그는 감탄한다,
유리온실들과
이국의 식물들을 보면서.
낯선 이름을 발견하는 기쁨과 희망에
어찌할 바를 모른다.
그때 커다란 새장 곁
겨자나무의 어둑한 그늘 속에서
아주 작고 노란 앵무새를 손에 앉힌
노브고로드*의 대주교
테오판이 그를 향해 다가온다.
대주교는 그와 라틴어로 대화를 나누다가
돌지 지역†의 오래된 전설을 들려준다.

* 러시아 북서부에 있는 유서 깊은 도시이자 동서를 잇는 요충지. 러시아에 합병된 13세기 후반까지 러시아, 스웨덴, 타타르 등의 침략을 자주 받았다.

† 루마니아 남부 지역.

신은 어느 날 갑자기
마치 화창한 하늘에서 떨어지듯이
풀모나리아 이파리에서 생겨났다는 전설을.

VII

사 년 동안 슈텔러는
상트페테르부르크에 머물렀다.
이미 죽음을 눈앞에 둔 수좌대주교는
그에게 아카데미 조수 자리를 마련해주고
그를 주치의로 삼아
자신의 집에 거하게 한다.
밤이 내려와 덮이면 노인은 젊은 형제와
종말의 새에 대해 이야기한다.
슈텔러는 노인을 위로하기 위해
자연의 빛을 화제로 삼는다.
테오판은 말한다—벗이여, 하지만
모든 것이 나이와 함께 변해가는 법이라네,
생명이 점점 바닥나면서
모든 것이 따라서 쇠퇴한다네,
종種의 증식이란
순전히 환상일 뿐일세.
그 누구도 알지 못하는 게지,
생명이 어디로 가는지.

VIII

아카데미 회원인 다니엘 메서슈미트*에게
장기간의 극지 여행은
신경을 잡아먹는 것이었다. 슈텔러는
제슬라흐 출신 빵집 딸과 함께
뒤채에 살고 있던 메서슈미트를
그 집에서 만나본 적이 있는데,
지독한 멜랑콜리를 앓던 그에게서
별다른 이야기를 듣지는 못했다.
그래서 지금 슈텔러는 메서슈미트의 유고를 연구한다.
한여름을 지나는 내내
종이 더미들 위로 몸을 수그리고서.
죽은 박물학자에게서 충분한 대접을 받지 못했던
부인은 한껏 차려입고
그의 뒤에 앉아 활짝 편 손으로
심장처럼 쿵쿵 뛰고 있는
그의 귀두를 쓰다듬는다.
슈텔러는 과학이

* Daniel Gottlieb Messerschmidt(1685~1735). 그단스크 태생의 자연과학자, 의사. 러시아 표트르대제의 위임을 받아 칠여 년 동안 시베리아 지역을 탐사했다.

온통 가벼운 통증을 수반한
단 하나의 부위로
수축해버리는 것을 느낀다.
다르게 말하면, 그에게 이 거품은
하나의 비유다. 제발,
완전히 함락당한 그는
그녀의 귓가에 속삭인다.
제발, 내 아내가 되어 나와 함께
시베리아로 가요. 그리고
들려오는 그녀의 대답.
당신이 가는 곳이라면 어디든지
당신과 함께 가겠어요.*

* 「룻기」 1장 16절

IX

1736년 드디어 슈텔러는
정녕 애타게 기다리던 의뢰를 받았으니
베링 탐험대에 합류해달라는 전갈이다.
사실 탐험대는
이미 십 년 전에 출발을 한 상태다.
한 무리의 목수들,
대장장이, 마부, 선원,
서기, 지휘관, 과학자,
조수 들로 이루어진 대부대의 이동에
건설자재, 공구, 각종 기기,
병기창 하나 가득 분량의 무기,
엄청난 책, 거기에 대원들이 먹을 식량,
식기와 의복을 실은 끝없는 짐수레에,
또 특사들을 위한 보르도산
와인 박스들까지 끌고가야 했으니—
탐험 행렬은 제 무게에 짓눌린
거대한 빙하가 앞으로 육중하게 흐르듯
힘겹게 전진하여 동경 129도의
야쿠츠크에 도착해 있었다.

슈텔러는 그 5000마일의 거리를
삼 년 반을 걸려서 갔다.
비투스 베링이 마지막 못 한 조각까지
작은 체구의 시베리아 복마에 모두 싣고
야블로노비산맥을 넘어 오호츠크 해까지
가는 데는 그만큼의 시간이 더 걸렸다.
그사이 슈텔러는 고난과 고독을
견디는 일에 익숙해져갔다.
빵집 딸과 결혼한 그에게는
어쩌면 인간에게는 머나먼 땅도
고향이 될 수 있다는 희망이 있었고,
그와 함께라면 어디라도 가겠노라던
그녀의 무조건적인 약속이 있었으나,
그녀는 마지막 순간에, 당연한 일이지만
지구를 반 바퀴나 횡단해야 하는 여행에
함께하기를 거절했던 것이다. 그녀 대신
두 마리의 어린 까마귀가
슈텔러의 곁을 지켰다.
까마귀는 저녁마다
그에게 불길한 예언을 읊었다.
까마귀의 예언을 받아쓰고 있노라면
그의 마음은 어느덧 평온해졌다.

영혼을 잠식하는 슬픔이 결코 멈추지 않을 것임을
잘 알고는 있었지만.

X

1741년 3월 20일
슈텔러는 캄차카반도의 동해안
페트로파블롭스크 사령부인
길죽한 통나무집으로 들어선다.
보통의 경우라면 결코 공간을 나누지 않을 좁은 실내,
가장 안쪽에 창문도 없이 판자로 가려진,
사방 6피트가 넘지 않는 칸막이방에
탐험대장이자 사령관 베링이 있다.
판자를 대어 만든 탁자 위에는
여기저기 흰색으로 표시된 지도와 해도가
가득 쌓여 있고,
쉰아홉의 사령관은 한 쌍의 날개 문신이 있는
오른쪽 손바닥으로 머리를 받치고
왼손에는 컴퍼스를 쥔 채
그을음을 내며 타오르는 등불 앞에
미동도 없이 앉아 있다.
베링이 눈을 뜨고 자신을
쳐다보기까지는 무서울 만큼
오랜 시간이 흐른 것 같다고

슈텔러는 생각한다. 이 사람은
깊은 슬픔에 휘감긴
한 마리 짐승이다,
검은 털가죽으로
안감을 댄
검은 외투를 걸친.

XI

순풍이 불어온 이 주 동안
성 베드로와 성 바울의
이름을 따라 명명된 두 척의 배
스뱌토이표트르호와 스뱌토이파벨호가
북쪽 바다를 떠나 남으로 항해했다.
하지만 기욤 드릴이 지도에 기록해놓았던
전설의 땅 가마*는
물의 사막 그 어디에서도
나타나지 않았다. 단 한 번
햇빛이 번득이며 반사되는 수면 저 멀리서
바닷새떼로 까맣게 뒤덮인 어떤 윤곽을 목격했으나,
수심을 측정하면서 전진해보니
그것은 바위섬이 아니라
신기루 현상 때문에 실제보다
몇 배나 더 크게 보였던 바다의 표류물,
배를 드러내고 죽은 고래였다.
이후 북북동 방향으로

* 비투스 베링의 탐험대는 러시아 표트르대제의 명령으로 아시아와 아메리카 대륙 사이에 있다는 전설의 섬 가마로 가는 항로를 찾아나선 참이었다.

항로를 잡았다. 밤이면 바다는
종종 반짝이며 빛을 발했고
넘실거리는 파도에 젖은 돛대에도
빛의 입자들이 달라붙었다.
어느 날 저녁
두번째 신기루가 그들 앞에 나타나
수평선 위로 쭉 뻗은 채 수정처럼
하얗게 빛나는 대리석 육지를
그려보이기는 했지만,
아바차 만을 출발한 지 육 주가 지난
7월 15일 아침이 되어서야
언제나처럼 이른 아침에 일어나
갑판으로 나온 슈텔러는
낮게 흐르는 구름 사이로
실제로 두드러져오는
희미한 산맥의 형상을 보았다.
그날 저녁
안개가 가득 피어올랐다.
시커먼 하늘이 천지를 장악한 가운데,
흰 눈으로 덮인, 날카롭고 거친
알래스카산맥의 윤곽이 시선을 사로잡는다.
슈텔러는 적절한 어휘를 가려냈다,

장미처럼 붉은빛과 보랏빛이 섞인 이 색채를 표현할.
항해 내내 머리 위
선실 천장만 지켜보며
누워 있던 비투스 베링은
기쁨에 겨운 선원들이 환호성을 멈추지 않자
그제야 처음으로 갑판으로 올라와서는
세상에서 가장
극심한 우울의 눈빛으로
그 광경을 응시했다.

XII

까옥거리는 울음과 함께
수면 위로 낮게 날아가는
끝없는 새들의 무리는
멀리서 나지막하게 가물거리는
섬처럼 보였다. 고래들이 배 주위를
헤엄치며 눈길이 닿는
모든 방향에서 허공을 향해
물보라를 쏘아올렸다.
훗날 로만초프 탐험대의 일원으로
같은 장관을 목격했던 샤미소*는
이러한 대자연에 감탄한 나머지
어쩌면 고래도
길들이는 것이 가능하며—마치 휴한지에서
거위들을 몰듯이—바다 한가운데서, 이를테면
회초리로 고래를 몰 수 있을 것이라고 생각했다.
그는 피오르에 서식하는 어린 고래들의

* Adelbert von Chamisso(1781~1838). 독일에서 활동한 프랑스 귀족 출신 시인이자 식물학자로, 1815년에 러시아 세계 탐험대에 식물학자로 참가하여 캄차카 반도까지 여행했다. 『페터 슐레밀의 놀라운 이야기』의 저자로도 유명하다.

가슴지느러미 아래 뾰쪽한 침이 박힌
부레를 매달아서
고래가 잠수하는 행위를 잊어버릴 때까지
훈련시켜보라고 썼다.
고래가 짐을 끌어야 하는지
등에 지고 날라야 하는지,
고래에 짐을 어떻게 매달고
또는 실어야 하는지, 고삐는 어떻게 걸고
통제는 어떤 식으로 해야 하는지
바다에서 고래 조련은 누가 할 것인지,
이런 문제는 하다보면 답이 나올 것이라고.
한편 샤미소는 글의 도입부에서
증기기관에 대해서 언급하고 있다.
그것은 인간의 손으로 만든
최초의 온혈동물이라고.

XIII

성 엘리야의 영명축일인 다음날이 밝자
슈텔러는 육지로 올라갔다.
이미 불길한 예감으로
이마에 공포가 깊게 새겨진 베링은
그가 학술 탐사를 할 수 있도록
열 시간을 허용해주었다.
이곳의 물은 바닥 깊숙한 끝까지
짙은 푸른색으로 가득찼으며
숲은 해안선에 근접할 정도로
무성하게 자랐다. 전혀 겁먹은 기색 없이
짐승들은 슈텔러에게 다가왔고, 검은 여우와
붉은 여우, 까치, 어치와 까마귀 들이
그와 나란히 해변을 걸었다. 나무들 사이
투명하고 말간 어둠 속
두툼한 이끼 양탄자를 넘어
흔들리는 걸음을 옮겼다.
점점 더 가까이, 산을 향해 다가가고
점점 더 가까이, 서늘한 야생의 숲 한가운데로
빠져들고자 하는 욕망, 그러나

세계의 무질서를 최소화하려는
과학자다운 의식이
이러한 갈망에
제동을 걸었다.
한참 뒤 가문비나무를
엮어 만든 한 움막에서
그가 목격한 것은 낯선 공간 속
버려진 사물들이 불러일으킨 효과.
나무껍질을 벗겨 만든 둥근 물잔,
구리 광석 파편이 박힌 숫돌,
물고기 머리 모양의 작은 노,
진흙을 구워 만든 장난감 딸랑이를
조심스럽게 골라낸 그는 그 대신
쇠솥 하나와 색색의 진주를
꿰어 만든 장식끈,
부하라산 비단천,
담배 반 파운드,
중국산 파이프를 그곳에 놓아둔다.
그가 행한 이 침묵의 거래는
반세기가 흐른 후
빌링스 사령관*의 여행기에 다시 등장한다.
세상에서 멀리 떨어진 이 외딴 지역의 주민 하나가

터져나오는 웃음을 억누르며
회상해내는 형태로.

* Joseph Billings(1758~1806). 러시아 정부에 소속되어 활동했던 영국 출신 탐험가.

XIV

더이상의 다른 탐사 계획을 포기하기로 한 이후
장교들은 북위 53도 근처 지점에서
아바차 만 방향으로 항로를 잡기로 했는데,
확인되지 않은 요소들을 바탕으로
단순하게 계산을 해버렸다.
삼 개월 가까이 배는
그들 말고는 다른 인간은 흔적조차 없는
베링 해를 이리저리 떠돌았다.
선원들은 한 번도 겪어보지 못한
끔찍하고 공포스러운
폭우와 거센 바람에
혹독하게 시달렸다.
방향을 분간할 수 없이
천지가 오직 무거운 회색빛,
위도 없고 아래도 없이
파괴의 이빨을 드러낸 자연은
오직 미친 모습일 뿐,
그러는 사이 며칠 동안이나
무풍지대에 머물기도 했고,

그런 식의 여정이 반복되면서
배는 더 심하게 파손을 겪었고
닻줄은 더욱 갈갈이 찢겼으며
소금기에 전 돛대도 빠른 속도로 해어졌다.
심신을 파고드는 질병에
광란을 일으키며
미쳐 날뛰는 선원들, 눈동자는
피로와 쇠약으로 푹 꺼지고
물집이 터져 구멍이 숭숭 뚫린 입천장,
피멍이 든 관절,
부풀어오른 간, 부풀어오른 비장,
그리고 궤양이 일어나
짓물러가는 피부. 매일매일
생살이 썩어들어가다
마침내 절명한 선원들을
신의 이름과 함께
바다로 집어던지니, 종국에는
산 자와 죽은 자 사이에
궁극의 차이란 거의 존재하지 않았다.
죽음의 순간에 육체의 은하는
본래의 성질을 잃고, 본래의 기질과 실체를 잃고,
본래의 존재를 잃는다, 라고 의사 슈텔러는 생각한다.

죽음이란, 더이상 살아 있기를 멈춤이라.
그는 질문한다—육체란 무엇인가.
히포크라테스 선서란 무엇이며,
외과학은 무엇이고, 의술이란, 그리고
지적 토대란 다 무엇인가, 생명이
눈앞에서 파괴되고 있는데
의사가 아무런 힘도, 어떤 수단도
갖지 못한 상황이라면? 그때, 밤이 되자
11월 달의 기운으로
물의 장벽이 배를
바위로 몰아붙인다.
암초에 걸린 배는
죽음의 덫 속에서도
육지로 달아나보려는 몸짓인 듯
몸체를 비틀며 삐걱거린다.
잠시 후 육중한 파도가 덮쳐와
모래톱 뒤편
잔잔한 석호 가운데로 밀려날 때까지.
하얀 초승달, 어둠 속 굽이감긴 해안,
그리고 육지를 향해
눈처럼 희게 인광을 발하는 산
그 아래까지 늘어서 있는

풀로 뒤덮인 모래 언덕들.

XV

네 명의 선원이
나날이 복수가 차오르는 베링을 들어
밧줄을 엮어 마련한 육지 자리로 옮긴 뒤
바람을 막아주는 바위벽에 그를 기대 앉히고
스뱌토이표트르호의 돛으로 지붕을 만들어주었다.
외투와 털가죽, 제복으로 싼 몸,
누렇게 주름진 얼굴, 치아가 다 빠진 입안,
시커먼 폐허가 된 육체,
선장의 온몸은 부스럼으로 뒤덮이고 이에 물린
상처투성이, 드디어 죽음과 직면하게 된 그는
그제야 만족감에 잠긴다.
뭍에 올라 진행한 첫번째 작업은
모래언덕 사이 자리잡은 여우굴에
겨울 숙영지를 마련하는 일.
슈텔러는 베링에게 고래기름과 금련화 뿌리로 끓인
수프를 가져다주지만
베링은 고개를 돌리며
눈짓으로 수프를 거절한다.
조용히 모래 속으로

가라앉도록
자신을 그냥 놓아두었으면 한다.
이미 굴뚝새들이 그의 몸 위를 뛰어다니는 중이다.
죽은 자들은 복이 있도다,*
슈텔러는 기억해낸다. 12월 8일
그들은 선장의 몸을 판자에 묶고
구덩이 속으로 밀어넣는다.
신이여, 믿는 이의 영혼을
야생짐승에게 넘기는 것이
당신의 뜻은 아니겠지요. 심판의 날이 오면 도리어
신실한 자들은 리바이어던의 심장으로 차려진
만찬을 받을 것입니다.
슈텔러가 고개를 들자
구름 아래
회녹색 대양이 반사되어 구분할 수 없는
극지의 하늘과 물이 떠 있다.
그들이 대륙에서 얼마나 멀리 떨어져 있는지를
말해주는 하나의 상징으로.

* 「요한계시록」 14장 13절.

XVI

8월 13일, 난파선으로
다시 건조한 배가
부드러운 언덕과 잔잔한
해안선이 바다로 이어지는
섬의 뾰쪽한 끄트머리를 돈다.
인간의 발길이 닿지 않은 듯
섬은 마치 알프스의 초원처럼
늦여름의 태양빛 속에서
눈부신 녹색으로 싱싱하고 아름답다.
갑판에서 보이는 육지는
저절로 움직이고 있다.
고통을 견뎌냈다고 하여
지나간 시간이
더 실재적인 것은 아니다.
대지 위에 넓게 퍼진
푸르스름한 안개 위로
뻗어 있는 지평선도,
나흘을 더 바다를 향해 항해하면 보일
아시아 대륙에 넓게 깔린 화산 연기도

불가해하기는 마찬가지다.
그 광경에 점차 가까이 다가가며
그들은 해안선 아래를 돌아
시속 사 분의 일 해리의 속력으로
남으로 한 주일을 더 항해한 후
그달 25일
밤에 노를 저어
페트로파블롭스크 항구,
약탈당해 다 털려버린
그들의 통나무집 숙소와 창고에 도착한다.
생환의 기적에 대한 감사의 표시로
그들은 베링의 생전 소망을 따라
최후까지 남아 있던 은화로
성 베드로의 성화를 끼운
액자를 만든다.

XVII

탐험의 생존자들에게
수도로 돌아오라는
명령이 떨어진 것은
육 년이 흐른 뒤다.
그러나 슈텔러는 아바차 만에 도착한 지 며칠 후
탐험대를 이탈하여 카자흐스탄 사람 레페킨과 함께
걸어서 반도의 한가운데로 떠났다.
그는 속으로 염원했다.
당신이 이 여행을 허락하신다면
우리의 발걸음에 힘이 되어주시옵소서,
우리의 여정에 위안을 주시고
한낮의 지독한 무더위에는 그늘이,
밤의 어둠 속에서는 빛이 되어주시고
서리와 비를 피할 장막이 되어주시고
피곤하고 지칠 때 마차가 되어주시고
위기의 순간에 도움을 주시사
우리가 당신의 이끌림에 따라
목적한 곳에
무사히 도착할 수 있도록,

신이여, 당신이 돌보사
별들이 무리를 지어 우리의 머리 위에서
올바른 방향으로 안내하도록 하여주시옵소서.

XVIII

그해 여름의 나머지를
슈텔러는 식물표본을 수집하면서 보내니,
말린 씨앗을 종이봉투에 담아 모으고,
검은색 여행 텐트 속에 앉아
기록하고 표제를 달고 서명하면서
생애 처음으로 그는 행복하다.
토마 레페킨은 연어를 낚고
버섯을 따고 열매와 식물을 걷어오며
불을 피우고 차를 끓인다.
겨울 내내
이 독일인 의사는
작고 초라한 통나무 오두막 학교에서
코랴크 아이들을 가르치고 글을 쓰며 지냈는데
얼음이 깨질 무렵,
볼셰레츠키에 있는 해역사령부에 의해 박해받고
권리를 박탈당한
원주민 공동체들을 옹호하는 비망록 때문에,
그를 고발하는 편지가 작성되고
심문이 행해지며

오해가 발생하고
체포령이 뒤따른다. 이제 슈텔러는
명확히 깨닫게 되니, 자연과 사회가
서로 얼마나 다른 존재인가.
서쪽으로, 한 구간 한 구간씩
그는 도망치듯 길을 떠난다. 그의 세계가
아래로 곤두박질치는 듯하다.
타라*에 이른 다음에야 그는
자유롭게 고향으로 가도 좋다는
전언을 듣게 된다.
슈텔러는 말 세 마리를 빌려
토볼스크로 간다.
그리고 그곳에서
일생 한 번도 술을 입에 대지 않았던 그가
사흘 내내
술을 마신다.
그런 다음 열병이 찾아온다.
그는 기어들어가듯 썰매에 몸을 싣고
타타르인 마부에게 남으로 계속 가라고 이른다.
170마일 떨어진 튜멘까지.

* 러시아 서남부에 있는 도시.

지금은 쇠락의 시기, 하루하루
시시각각 굴절하는 시간이 그러하고,
행성들의 녹과 불,
소금이 그러하며,
하늘 높은 곳에는 빛이 타오르나
한낮에도 내려앉는 어둠이 그러하도다.

XIX

북빙해에 떠 있는 섬에서
거친 펜촉과 담즙 잉크로
생의 막바지에 기록한 원고,
211종의
식물 스케치와
흰까마귀, 그리고
독특한 모양의 가마우지와 해우에 관한 이야기가 담겨,
영원한 문서고의
먼지 속에 자리잡은
그의 동물학 걸작품,
『데 비스티스 마리니스(해양 동물집)』,
사냥꾼을 위한 안내 프로그램이자
모피 집계를 위한 입문서—
아니, 북극은 그렇게
까마득하지 않았다.

XX

튜멘에 도착한 그들은 썰매에서 슈텔러를 내린 뒤,
이미 돌처럼 굳어가는 그의 몸을
얼음에서 꺼내 불속으로,
너울거리며 타오르는 집 안으로 옮긴다.
이제 연금술이 시작되고
슈텔러는 돌연히 다가오는 죽음을 알아차리니,
마비와 그에 따르는 증상을
확인한다. 군의관의 단안경 렌즈에
비치는 자신의 죽음을.
이렇듯 그대 의사들은
파묻힌 등불이니
이렇듯 자연은
신을 믿지 않는 독일인 신교도를
최종 처리한다.

XXI

팔라스*는 기록한다, 그가 흠모하던
슈텔러의 시신은 다음날
자신의 붉은 망토로 감싸여
투라 강변의 높은 언덕
정교회 구역에서 한참 떨어진
좁다란 구덩이 속에 묻혔고,
사람들은 얼어붙은 습지 진흙으로
봉분을 쌓았다고.
또한 팔라스는 쓴다, 죽은 이는
꿈을 꾸고 있었다고, 꿈속에서 그는
강 건너편 풀을 뜯는 매머드를 바라보았고,
밤이 되자 누군가가 와서
그의 몸에서 외투를 벗겨낸 다음
그대로 떠났다고,
맞아 죽은 한 마리 여우처럼 남겨진 그를
눈 위에 버려두고.

* Peter Simon Pallas(1741~1811). 독일의 자연과학자, 지리학자, 탐험가.

어두운 밤이 전진한다

이제 멀리 농가 오두막의 지붕에서는 연기가 피어올랐고
산의 그림자는 높이 솟은 봉우리보다 더 길게 드리웠도다.

베르길리우스, 「목동의 노래 I」

I

점판암 단층 사이에서 바짝 눌린
선사시대 날개 달린 척추동물은
발견이 쉽지 않다. 하지만
사라진 생물체가 남긴 잎맥 같은 무늬를
사진으로 볼 때마다 나는
그것이 모종의 진실과 관련되어 있다는
생각을 하곤 한다. 두뇌는 어떤 식으로든
계속해서 작동을 하고 있으며, 아주 희미하기는 하지만
그래도 약간은 자체 조직화의 능력이 있었으니
그리하여 경우에 따라서는 아름답거나
때로는 안정감을 주는 계통이 서기도 했으나
과거 무지한 상태일 때보다 더욱
잔인한 결과를 유발하기도 한다.
얼마나 많은 시간을 거슬러가야
기원과 만날 수 있는가? 아마도
1905년 1월 9일 아침
할아버지와 할머니가
오싹하게 추운 날씨에 무개마차를 타고
레히펠트 수도원을 출발하여

결혼식을 올리기 위해
오버마이팅겐으로 갔던 날에서 시작해야 하리라.
검은 호박단 드레스를 입은 할머니는
종이로 만든 꽃다발을 손에 들었고,
할아버지는 군복을 차려입고 머리에는
놋쇠로 장식한 군모를 썼다. 말 덮개용 담요로
다리를 감싸고 마차 위에 나란히 앉은 그들은
앙상한 가로수 길을 지나는 동안
말발굽 소리에 귀를 기울이면서
무슨 생각을 하고 있었던가. 훗날 아이들은
무슨 생각을 하고 있었던가, 1917년
전쟁중에 알라르츠리트*에서
찍은 학급 단체사진 속
공포에 얼어붙은 눈동자로
앞을 응시하는 아이와
다른 아이들은. 마흔여덟 명의
남루한 공동체
오른편에는 여교사
왼편에는 근시인
보좌신부, 지저분한

* 독일 남부 알고이 인근 지역인 올라르츠리트Ollarzried를 가리킨다.

회색 마분지 뒷면에
적힌 글귀 '훗날 죽음이
우리의 발아래 엎드릴 것이다'
한 번 들으면 잊지 못할
음산한 예언. 내가 대형으로
인화하여 갖고 있는
또다른 사진에는 한 마리 백조와
검은 수면에 비친 백조의 그림자가
완벽한 평화의 상징으로 떠 있다.
내가 알기로, 그 연못 주변을 끼고
밤베르크의 레그니츠 강변에
식물원 시설이 있고,
요즘에는 도로 하나가
그곳을 가로질러간다고 한다.
가장 먼저 떠오르는 것은
어딘지 모르게 비독일적이라는 인상,
뒤쪽으로는 느릅나무와
짙은 초록의 침엽수 무리, 조그만
파고다, 갈퀴로 곱게 정리된
자갈, 수국, 붓꽃,
알로에, 청나래고사리,
그리고 장엽대황.

그 사진에 담겨 있는 사람들 또한
내 눈에는 경이롭기만 하다.
단추를 푼 외투 차림의 어머니,
앞으로 세월과 함께 그녀에게서
사라져버릴 태평스러운 태도를 지닌. 그 곁에
좀 떨어져 서 있는 아버지, 주머니에 양손을 넣은
그도 걱정 근심 없어 보이기는 마찬가지.
1943년 8월 26일이라는 날짜가 적혀 있다.
27일 아버지는 드레스덴으로 떠났는데,
그 도시의 아름다움에 대해서는
아무것도 기억에 남아 있지 않노라고,
언젠가 그는 내 질문에 이렇게 대답했다.
27일과 28일 사이의 밤,
582대의 전투기가
뉘른베르크에 폭격을 퍼부었다. 다음날 아침
알고이의 집으로 돌아갈
계획이던 어머니는 기차로
퓌르트까지만 갈 수 있었다.
거기에서 어머니는
화염에 휩싸인 뉘른베르크를 보았으나,
불타는 도시의 모습이 어떠했는지
그 광경을 보면서

어떠한 감정이 들었는지
오늘날 더이상 기억해내지 못한다.
최근에 어머니는 이렇게 말했다,
바로 그날 퓌르트에서
빈츠하임의 아는 사람 집으로 갔고,
그곳에서 가장 두려워하던 사태,
자신의 임신을 알게 되었다고.
그 불타는 도시에 닥쳤던 일은
빈에 있는 미술사박물관
롯과 그의 딸들을 묘사한
알트도르퍼*의 그림으로
걸려 있다. 이글거리는
화염이 지평선을 달구고
불길은 거대한 도시를 파멸시킨다.
대지에서는 연기가 치솟고
날름거리는 불꽃이 하늘에 닿으며,
시뻘건 열기 속에서
어두운 윤곽으로 드러나는
건물의 정면.

* Albrecht Altdorfer(1480~1538). 독일의 화가, 판화가, 건축가. 인물화가 주류를 이루었던 16세기 유럽에서 처음으로 자연이라는 주제를 천착하여 풍경화의 새로운 지평을 연 인물이다.

그림 가운데 부분에는
초록의 목가적 풍경 한 조각,
그리고 관람객의 눈앞에서
모아브인의 새로운 혈통이
잉태되고 있다.
몇 년 전 처음으로
이 그림을 보았을 때
이상하게도
이미 예전부터 알고 있는
그림이라는 느낌이 들었고,
잠시 후 프리덴스브뤼케
그 평화의 다리를 건너가면서는
마치 모든 이성이
거의 사라져버린 듯했다.

II

1944년 예수승천대축일
내가 세상에 태어나던 순간
경작지를 순례하는 성체행렬이
소방대 악단의 음악에 맞춰
막 우리 집 앞을 지나 꽃이 만발한
5월의 들판으로 향하던 중이었다. 어머니는 이를
처음에는 좋은 징조라고 여겼다. 그때 성좌가
차가운 토성의 지배 아래 있다는 것을, 이미
산봉우리 위로 징후가 선명하던 뇌우가 곧
순례자의 행렬을 찢어발기리라는 것을,
닫집을 들고 가던 기수 네 명 중 하나를
덮치리라는 것을 전혀 모른 채.
내 인생의 시작과 함께 벌어진
마을 최초의 이 기상이변이
내 위로 파괴의 기운을 드리웠을 것이고,
내가 입학하기 직전 어느 날 밤
집에서 멀지 않은 제재소를 집어삼키며
계곡 전체를 환하게 밝힐 정도로
활활 타오르던 미친 불길도 있었지만,

그것을 제외한다면 나는
험악한 사건으로 점철된 시대였음에도 불구하고
알프스산맥의 북쪽 기슭에서, 외면적으로는
파멸의 개념을 모르는 채로 자라났다.
그러나 자주 길에서 넘어져
다친 손에 붕대를 감고
푸크시아 관목 곁 창가에 앉아
통증이 가라앉기를 기다리면서
몇 시간이고 꼼짝없이 창밖만을 쳐다보고 있을 때
너무 일찍 나를 엄습해온
눈앞에 고요히 떠오르던
소리 없는 재앙의 예감.
그때 창밖의 채마밭에는
빳빳하게 풀 먹인 흰 두건을 쓴 수녀들이
느릿느릿 채마밭 이랑 사이를 움직였는데,
막 깨어난 애벌레들과 겹쳐지며
뇌리에 새겨진 그 광경으로부터
나는 아직도 빠져나오지 못하고 있다.
더 구체적인 모습을 드러내지는 않았던
재앙의 암시는, 그 이후
머리에 붉은 두건을 두르고 희고 구부러진
깃털 장식을 꽂은, 발육이 불완전한

한 타타르인의 모습으로
내 앞에 다시 나타난다. 인류학에서는
이처럼 일종의 자기 파괴적인 신체 형상을 두고
설산을 올라가 그곳에서 오랜 세월 동안
이른바 눈물에 잠겨 생애를 보내는
신비주의자의 몸으로 해석하곤 한다.
얼마 전 읽은 책에 따르면
그는 바람 없이 고요한 마음의 한 지점에
점토 말을 한 마리 품고 있다고 한다.
마법의 낱말 맞히기 놀이를 즐겨 웅얼거리는
그가 입에 올린 단어는 가위질 본, 골무,
바늘귀, 기억 속에 자리잡은 돌멩이,
순례지, 극미량의 베를린블루로 염색한
주사위 모양 얼음 조각.
첫번째 과거와 두번째 과거로부터
소소한 경악들이 줄을 지어 나타나지만, 이들은
현재의 음성언어로는 번역되지 않은 채
버섯과 늑대의 그림자로부터 보호받으며
결함투성이 육신으로 남아 있을 뿐이다.
이제 조금 더 큰 아이들이
등장할 차례, 아이들은
부모가 잠잘 곳을 마련하려고

말에 집기들을 싣고 먼저
떠났다고 생각하지만
그문덴으로 가는 여행길에 그들은
어두컴컴한 궤짝 속에 웅크리고
저녁밥을 먹어치우니
커피를 두 단지나 마시고
빵에 버터를 바르고
물론 청어와 겨자도 없는다. 몇 달 동안
할머니는 죽음을 기다리기만 했다.
할머니의 몸에 점점 물이 차오르는 동안
마을 상점에는 지명수배 전단이 붙었고
딱정벌레의 공격으로 감자가 온통 누렇게 변했다.
숲 가장자리에서는 무어인이
미군 탱크에서 얼굴을 내밀었고,
우리는 어둠 속에서
치맛자락을 올리고 조심스럽게
시뻘겋게 달아오른 보습 날 위를
걷는 성 엘리자베트를 보았다.
학교의 관리인은 열쇠를
헤아렸고, 버들강아지들은
십자가상 뒤에서 신앙고백을 읊었으며,
먼지투성이 우리의 미래가

쪽지에 적혀
석필 상자에 담겨 있었다.
한 명은 식당 주인, 한 명은
요리사, 또 한 명은 식당 종업원, 그리고
나머지 한 명은 아무것도 되지 않으리라고.
언덕 위에 올라서면
어렴풋이 연기가 피어오르는
여호사밧의 골짜기.*
떨리는 자석 바늘이
북을 가리킬 때면, 내 혀끝에서는
염화은에 살짝 적신
물리학상의 불가사의,
갈바니 전류의 맛이 느껴진다.
인체의 어느 특정 부위가
경악스럽게 거무스름해지는 현상은
모든 것이 전부 아름답다는
하나의 승인일지니.

* '마지막 심판의 장소'를 가리키는 성서 속 표현으로, 「요엘서」「역대하」 등에 등장한다.

III

중국제 귀뚜라미 새장 안에
우리는 한동안 행복을 가둔 채
살았다. 낙원의 사과가
탐스럽게 여물었고, 황금 낱알들이
탈곡장 마당에 뒹굴었고, 당신은
학자를 지키듯이 밤에는
새신랑을 주시해야 한다고 말했다.
아이들의 카니발이
자주 열렸다. 하늘에는
새털구름이 피어났다. 친구들은
마즈다 또는 아리만*으로
분장을 하고 왔다. 그러나
뜻밖에도 오페라 관람객처럼
우아하게 차려입은 모양새가 되었으며, 나는 또
양계장에서 발 없는 도마뱀 한 마리를 보았다.
새해 첫날 아침, 날아가던 까마귀 한 마리가
흰 깃털을 떨어뜨렸고, 검은 겉옷을 입은

* 조로아스터교의 선신과 악신.

한 신부神父가 홀로 눈 덮인 들판에
절룩거리는 사자使者로
모습을 나타냈다.
그때부터 우리는 인내심으로
무장하고, 그때부터 우편함 위로
모래의 비가 내리며
화분의 꽃들은 오직 침묵을
지키겠다는 몸짓을 취한다.
북유럽의 비극, 계략과 술수,
필연적으로 일어나는 종말.
왜 인간은 그렇게
어려운 일만을
벌이느라 애쓰는 것일까? 위안으로
남은 것은 다른 이들의 불행,
연인의 모자에는 사악한 노란빛—
옛 시절에는 참으로 아름다웠던.
지난 세기의 산문,
엉겅퀴에 걸려 엉클어진
옷자락, 약간의 피, 황홀한
행복감, 찢어진 편지,
군복의 별과 창가에
하염없이 앉아 있는 시간.

어두운 골방에서의 불쾌한 몽상,
오랫동안 지고 가야 하는 죄,
여기에 눈물까지, 또한 물고기에 대한
기억 속 꺼져가는 불,
결혼식 꽃다발을 태워버린
엠마.* 가엾은 시골 의사는
어떻게 해야 하는가? 시신을 매장하는 날
그는 반짝거리는 에나멜 장화와
사후에 벌어지는 유혹을
꿈꾼다. 하지만 실제로 다가온 것은
창백한 시간. 당신,
눈부시게 번쩍이는
음란의 한가운데서
나는 당신의 음울한 눈동자를
기억해낼 것이다. 하를럼에서 우리 같이
둑 사이의 좁은 수로를 헤엄쳐갔던 날에
내가 최초로 마주쳤던 당신의 눈동자를.
해年를 이루는 날들과 숫자들
얼마나 오랜 날들이 흘러가버렸는가,
쓰고 있던 유리 렌즈로는

* 귀스타브 플로베르의 장편소설 『보바리 부인』의 주인공.

거의 해독할 수도 없었던
그 철자의 벌판으로부터. 원래,
조그만 중국인 여자 안경사가
말하기를, 지금
이 글자들이 선명하게
보여야 해요. 그리고 나는
느낀다, 그녀의 손가락 끝이
내 관자놀이에
닿은 채 한동안
정지해 있는 것을. 나는 느낀다,
정체불명의 파도가 내 심장을
관통하고 지나가는 것을.
또 나는 정확히 안다,
불이 밝혀진 시력검사표의 사각형 속
나란히 보였던 철자들
YAMOUSSOUKRO*는
몇 년 전 어느 날
함부르크 항구를
미끄러져나가던
아비장에서 온

* 야무수크로. 아프리카 서부 기니 만에 있는 코트디부아르의 수도.

커다란 녹투성이 배의 이름임을.
흑인 선원들이
뱃전에 기대서 있었다.
그들은 지나가면서 손을
흔들었고, 태양은 막 가라앉는
중이었으니, 그림자들의
가장자리는 벌써
흔들리고 있었다.

IV

그야말로 끝도 없이
발전하고 성장하는
산업에 도취되어, 총리였던
디즈레일리*는 맨체스터를
새 시대 기적의 도시
천상의 예루살렘이라고
명명하면서, 그 의미는 오직
철학만이 진단할 수 있다고 했다.
새로운 시작을 하러 시골 고향을 떠나
그곳에 도착하여
지난 세기의 폐허들 사이에 있는
집에 들어가 산 지도
반생이 흘렀다. 당시 나는
휴경중인 땅, 극락의
들판을 지나 걸었고 파괴의
결과물에 놀라워했으며, 시커먼
제분소와 선박이 떠다니는 운하,

* Benjamin Disraeli(1804~1881). 수에즈운하를 매수해 대영제국 정책을 전개했던 영국의 제국주의 정치가.

열려 있는 고가교高架橋와
창고들, 수백만 개의
벽돌 더미, 타르와 황산이 내뿜은
연기의 흔적,
어크 강과 어월 강
그 강가에 오랫동안 서 있었다.
좋았던 시대에는
맑은 하늘빛으로
진홍빛으로 위험한 녹색으로
영롱한 빛을 발하며 흐르던 강물 곁에,
찬란한 물빛의 광채 속에
하얀 뭉게구름이 비치던
지금은 죽어버린 신화의 강가에,
한마디 말도 남기지 않은
수많은 인간의 숨결이
연기로 피어올라 사라져간 땅에.
강물은 인간을
소금과 재와 함께 싣고
습지대를 지나 대양을 향해
흘러내려갔다. 침묵의
돌연변이가 미래로 가는 길을 연다.
세 세대가 지나는 사이

맨체스터 노동자들은
소인족으로 화해버렸다.
전쟁중에 자원병이 되어
전장으로 달아나보려 했던 이들에게
당국은 부적격 판정을 내렸고,
그리하여 이들 노동자들은
이 도시와 주변 지역에서 특별히 모집한
왜소한 병사들로 구성된
소위 밴텀급 부대에조차
들어갈 수가 없었다.
여느 때처럼, 이 노동자들 역시
역사의 진보를 위해 공헌한,
그러나 꺼림칙한 무리로
간주되었다.
내 작업실에서는
그들의 영혼을 싣고 온 도깨비불이,
시의 쓰레기 하치장에서
연기를 피워올리며
저세상을 향해 뻗어 있는
거대한 쓰레기 산맥들
그 사이를 누비는 조각난 횃불의
파편들이 보이는 듯하다.

어스름이 내릴 때면
주변을 헤집고 다니는
불도저의 환한 전조등이
공간을 선명하게 절단하고
해안과 늪지에서는
이전 세기의 암울한 형제,
비행기들이 끊임없이
느린 속도로 떠올랐다.
당시 이런 광경은 늘 나를
말하자면 이승에서의 무거운
멜랑콜리에 잠기게 해,
귓가에서 쉴새없이
단조롭게 반복하는
구금 소리처럼 진동이 되어 울렸으며
갑갑하게 조여드는 마음 때문에
나는 자꾸만 집 밖으로 나가야 했다. 낮에는
대학 도서관의 반지하 서가에서
북으로부터는
그 어떤 좋은 것도
오지 않는다고, 환자의 육신은
이방의 색채를 입힌 수건처럼
변한다고 적혀 있는

파라셀수스의 문헌을 읽었다.
종종 나는 거리를 따라
발길을 옮기다가
지옥의 불처럼 화려한 조명을 밝힌
어느 상업시설 건물에 들어서기도 했는데,
리스턴 뮤직홀,
그곳에서 푸른 눈동자가 빛나는
더할 수 없이 영락한 테너 가수의
노래를 듣고 싶어서였다.
항상 엄청나게 긴 외투를 걸치고
홈부르크 해트를 쓴 그 가수는
부를리츠산 파이프오르간 반주에 맞춰
〈탄호이저〉의 아리아를 불렀다.
나는 복음교회에도 들어갔다
나오기도 했는데, 덕분에
집단 전체의 괴성 속에서
병자들이 속속 건강해지고
심지어 시각장애인이
앞을 보게 되는 현장의
증인이 되어버렸다.
한번은 별 모양의
판옵티콘 양식 건축물

너무도 높아 마치 여리고 성을
연상시키는 담장으로 둘러싸인
스트레인지웨이스 감옥을
찾던 중에
역 뒤편에 자리잡은
어떤 무인지대로
우연히 들어서게 되었다.
곧 철거가 예정된
모양으로 늘어선
나지막한 집들, 그리고
골트블라트, 그륀스판, 고트게트로이
슈피겔할터, 솔로몬, 바이슬피슈
로빈존 같은 이름이 적힌
폐업한 상점의 간판들.
바람이 불어와 문짝 하나가
어떤 신호처럼 움직였다. 뮤지컬 〈오클라호마〉의
낡은 포스터가 붙어 있는 문.
자연극장*의 입구는
열려 있었다. 나는

* 프란츠 카프카의 장편소설 『아메리카』에 등장하는 극장으로, 빈부 격차가 극심해지고 실직자가 늘어가는 미국 사회에서 모든 사람에게 일자리를 제공한다는 유토피아적 구인 광고를 내걸고 사람들을 모집한다.

허공을 울리며 차츰 퍼져나가는
둔중한 진동에 귀를 기울였다.
관현악 음악을 연주하며 군악대가
행진하고 나팔과 북소리,
올리브그린색 군복을 입은
소년 병정들이 거리를 따라 내려오면서
나를 스쳐지나간다. 그러다 갑자기
대지가 꺼져버린 듯, 이 모두가 사라진다.
내가 어느 독일인 남자에게
이런 이야기를 했을 때
그는 머리를 흔들며
말했다. "기이하군요. 참으로
기이합니다." 쿠프슈타인
출신의 그 독일인은
어린아이였던 1938년
영국으로 왔다.
많은 기억이 이미 그에게서
흐릿해졌다. 그런가 하면 어떤 일들은
결코 잊히지 않았다. 영어라는 언어를
그는 영영 완전하게 습득하지 못했다.
비록 수년 전부터
엄청난 긴장을 유지한 채

마치 어떤 궁극의 뉴스를
기다리기라도 하는 것처럼
텔레비전의 모든 프로그램을
매일 찾아보고 있음에도 불구하고.

V

지난해 여름, 취리히에 사는
엔지니어 D를 방문했을 때
그는 열린 창가에 앉아 장석 하나를 쥐고
빙글빙글 돌리고 있었다. 그가 말했다.
밖을 한번 내다보세요,
정원에 풀이 너무 무성하게 자라
나뭇잎의 세계 한가운데에 있는 듯합니다.
이 광경을 보니 사막을 가로질러가던
때가 기억이 납니다. 내가
만든 기계가, 설계한 건물이
얼마나 많을까요, 일생 동안
헌신해온 과학에 대한
믿음을 잃어버리기 전까지 말입니다.
나는 죽은 시간의 만에
다다른 적이 있습니다.
구부러진 흰 깃털 장식이 달린
붉은 두건을 쓴 타타르인처럼
산에 올라 도시를
내려다보자, 플라이스토세의

전경이 눈앞에
펼쳐졌지요. 건물 지붕 위의
안테나들이 부르르 떨릴 때마다 내 머릿속까지
전기 충격파가 지나갔습니다. 더욱 멀리서는
가우스 자기장의 진동음이 들렸는데,
그것은 동일한 형태이면서
전체 음계를 아우르며 발생하는
소리, 지상에서 시작하여
별들이 헤엄치는 천공,
그 하늘 위까지 번지는 음이었습니다. 그날 이후
의혹으로 잠 못 이루는
수많은 밤을 보냈으나, 이제 평화가
내려앉았습니다. 나는
18세기에 쓰인
자연 묘사를 읽습니다.
녹색의 대지가 쥐라산맥의
푸른 그늘 속으로 가라앉아,
최후에는 알프스의 수백만 년 묵은
빙하만이 은은한 반사광으로
남게 되는 장면을요. 진기한 빛이
할러와 횔덜린의 문장
속속들이 배어 있으나, 이곳은

마음이 닿는 곳 어디나
오류로 가득합니다. 거대한 시스템의
발전 과정은 균형을 모르고, 폭력 행위가
퍼져나가 이 행위는 항상
저 행위를 유발하고, 또 반대로
저것이 있어 이것이 있게 되는 거죠. 황소는
뱀을 낳고 뱀은 황소를 낳으리니,*
어디서도 영영 멈출 수가 없습니다. 그러니
당신은, 엔지니어 D는 내게 말했다.
오늘 안에 떠나는 편이 좋겠습니다.
이미 이 땅은 불타기 시작했습니다.
숲이 사방에서 타오르고,
불붙은 나뭇잎들이
바지직 오그라들며
천지를 채우고
아프리카의 메마른 평원은
나날이 더욱 넓게 퍼져나가는 중입니다.
아마도 당신은 여행중에
황금빛 해안,
빗물에 반짝이는 지역에 발을 들이거나,

* 고대 프리기아에서 풍요와 잉태의 신 시바지오스의 부활을 빌며 외던 주문.

아름다운 들판길을 걸어가는
아이를 만나기도 할 겁니다. 운이 좋구나,
마음이 약간 놓인 여행자는 그렇게 생각하지요.
어느 호수의 그늘진 기슭이
떠오르고 수면과
바위 절벽들이 펼쳐지면서,
그 가장 높은 곳에 화려한
용, 이카루스가 날개를 펼쳐
쏟아지는 빛의 폭우
한가운데를 향해
나아갑니다. 그의 몸 아래로
시간이 나뉘고, 라인 빙하가
거대한 두 팔을 벌리고 있고
쿠르피르스텐 산맥 봉우리들이 우뚝 솟아 있고
샌티스 산맥, 백악질의 섬들이
범람하는 얼음 위로 환하게
타오릅니다.
그러다 시선을 아래로 향하면,
그는 호수 아래로
추락합니다.
브뤼헐의 그림에 등장하는
아름다운 배와

쟁기질하는 농부,
이 모든 평온한 자연은
아들의 죽음을 외면하고 말까요?
이 질문은 나를
경계 너머로 이끕니다. 아를베르크 고개 위로
뇌우가 몰려오고 있군요.
깊은 계곡을 내려다보고 있자니
내 영혼이 현기증을 느끼고,
다시 한번 여름이 지나갑니다.
횔덜린이 썼지요, 늘어진 담쟁이덩굴처럼
가지도 없이 빗물이 떨어져내린다고.
알프스 산에서는 채송화가 자라고 있습니다.
아비뇽의 숲은 우거져 있고요.
고트하르트 협곡 위에서 말 한 마리가
더듬거리며 길을 찾고 있습니다.

VI

아침이 밝아
밤의 냉기가
물고기의 비늘 속으로
물러가고 공기의 대류가
눈에 보일 때쯤이면, 다시금
평화에 대한 믿음이 생기면서
새로운 시작을 감행하고자 하는 욕구,
어딘가, 조류학자들이 몸을 위장하고
새를 관찰할 만한 지역으로
소풍을 떠나기로 결심한다.
오라, 내 딸이여, 손을 잡아다오,
우리는 도시를 떠날 거란다.
하루에 두 번씩 조류가 밀려와
작동하는 물방아를 너에게 보여주마,
바퀴와 피대가 삐걱거리며 돌아가면서
물의 힘으로 맷돌을 돌리고,
뽀얗게 날리는 먼지를 피우며
마차의 몸체를 움직이게 하는
기적의 작품을.

방앗간 주인은 친절하고
손은 희고 깔끔한 사람.
그는 지극히 평온한 말투로
우리에게 방앗간의 역사를 설명해준다.
백여 년 전 이곳에서 오마르 하이얌*의
번역자인 에드워드 피츠제럴드가
실종되었다. 이미 나이가 많았던 그는
어느 날 보트에 올라타고
머리에는 실크해트를 끈으로 고정시킨 채
북해로 나갔고, 두 번 다시 돌아오지 않았다.
여태 수수께끼로 남아 있는 사건이다.
딸아, 보아라, 저기 보이는 망자를 위한
열한 개의 둔덕 중 여섯번째
마흔 개의 노가 달린 과거의 저 모형 배가
서턴 후의 레드월드 무덤†이란다.
레드월드 왕은 메로빙 왕조 시대의 동전,
스웨덴 무기, 비잔티움의 은화를

* Omar Khayyám(1048~1131). 페르시아 시인, 천문학자, 수학자. 16세기에 나온 그레고리 달력보다 더 정확한 달력을 만들었던 인물로, 삼차방정식의 기하학적 해결을 연구했다. 에드워드 피츠제럴드가 그의 4행 시집인 『루바이야트』를 1859년부터 순서대로 번역 소개하면서 세계적으로 유명해졌다.

† 624년경에 사망한 이스트앵글리아의 레드월드 왕의 것으로 추정되는, 배를 이용해 시신을 안장한 무덤을 가리킨다.

여행길에 지참했다.
왕의 군사들은
이 모래땅 한구석
둔덕과 철조망, 소나무숲 뒤 수풀이 무성한
진지 속에 오늘날까지 찾을 수 없도록
무기를 감추어두었으니
눈길 닿는 곳에는 오직 하늘과
금작화 덤불, 드문드문 보이는
대규모 노인의료 시설,
감옥 혹은 정신병동,
학업부진아를 위한 교육기관 말고는
아무것도 없는 이곳은
오직 그들의 병기창.
주황빛 제복 차림의 죄수들이
늪지에서 길다랗게 열을 지어
작업하는 것이 보인다.
그뒤로는 세계의 끝,
다섯 채의 불기 없는 집들이
싱글 스트리트에 서 있다.
스산한 절망의 얼굴로
창가에 서 있는 여인, 바람 속에 흔들리는
녹슨 그네, 둔덕에 세운 캠핑카 안에는

귀에 라디오 수신기를
댄 채 앉아 있는 외로운 스파이.
아니, 이곳에서 우리는
엽서를 쓸 수가 없다, 차에서 내리는 것도
불가능하다. 아이야, 말해다오,
내 마음이 괴롭듯이 네 마음 또한
그러하다고. 해가 갈수록
밀려오는 파도에
점점 더 북으로 후퇴하는
자갈층, 한 톨 한 톨의 돌멩이는
죽은 영혼이며
하늘은 짙은 회색빛
한 치의 농담도 없이 일관된 회색빛
이처럼 낮게 깔린 하늘은
그 어디서도 본 적이 없다.
수평선을 따라
다른 시간 속으로 건너가는
화물선들,
바이올린 연주자가 현을
튕기는 소리에 맞춰
광물 원소의 핵을 저속으로
파괴하는 사이즈웰 발전소.

서펵 지역의 황무지 위로
광기의 속삭임이
퍼져나간다. 이것은
약속된 종말인가?
오, 돌로 된 인간들아.*
이미 죽은 것은, 죽은 채로
머물러 있으리라. 삶은
사랑으로부터 오는 것일지니.
지금 나에게 말하는
이 목소리가 누구의 것인지
나는 알지 못한다—뭐라고? 어떻게?
어디서 언제 말인가? 이제
사랑은 아무것도 아닌가,
아니면 전부인가?
물은? 불은? 선은?
악은? 삶은? 죽음은?

* 셰익스피어의 희곡 『리어 왕』 제5막 제3장에 나오는 대사.

VII

신이여, 꿈속에서 나는
알렉산드로스대왕의 전투를 그린
그림을 보기 위해 뮌헨을 향해서
날아가고 있었습니다. 어두워지기
시작할 무렵, 멀리 아래쪽 지상으로
내가 사는 집의 지붕이 보였고
이스트앵글리아의 풍경 위로
그림자가 드리웠습니다.
섬의 가장자리가 보이니
파도는 모래사장으로 밀려왔으며
북해 위의 배들은
자신들이 만든 흰 물거품 앞에서
움직임 없이 멈추어 있었습니다.
마치 깊은 바다를
유영하는 가오리처럼 그렇게 소리도 없이
날개조차 거의 움직이지 않고
대지 위를 계속해서 날아
라인 강의 합류점을 지나
강 상류까지, 그 무겁고 척박해진

물의 흐름을 거슬러올라가니
인광으로 시퍼렇게 빛나는 강변 도시들,
이글거리며 달아오른 산업의 작품들은
대양의 거인처럼 버티고 서서 연기 깃발을
휘날리면서 뱃나팔 고동 소리를
기다리고, 쉴새없이 움직이는 철도와
자동차들의 불빛, 조개들이
수백만 배로 증식하는 웅얼거림,
지네와 거머리, 차갑고 축축한 썩은 살들,
바위들의 갈빗대가 신음을 토하며
수은이 뿜어내는 빛의 구름들은
프랑크푸르트의 탑들 사이로 돌진하는데
잡아 늘려서 파열하고 가속화된 시간,
이 모든 것이 내 감각의 내부를 관통하니
너무도 가까이 느껴지는 종말에
단 한 번의 가벼운 바람에도
덜덜 떨려오던 얼굴. 오덴발트 산기슭의
떡갈나무들은 부서지는 파도 소리를 냈고
그다음 나타난 것은 사막과
황야, 계곡에 바람이 불자
자욱이 일어난
돌멩이 섞인 흙먼지. 두 번 버린

칼날이 대지와 하늘을
갈라놓고 섬광이
우주 공간으로 곧게 흘러갈 때
모습을 드러내는 내 목적지
알트도르퍼의 비전.
죽은 이의 숫자가
수십만을 훌쩍 넘는구나,
하고 고대의 문헌이 알려주니
시신의 바다 위에서
서구를 구원하려는 전투는
끝도 없이 물결치는데,
이들 위로 마지막 석양빛을 드리우는
저물어가는 태양.
운명이 막 방향을 바꾼 순간.
깃발과 휘장, 창과 투창, 몽둥이가
혼돈의 숲을 이루고, 흉갑으로 무장한
인간과 짐승의 몸이 뒤범벅된
장대한 전장의 피비린내 한가운데
백마 위의 알렉산드로스,
서구를 구원할 영웅 앞에서
초승달이 떠 있는 쪽을 향해
달아나던 다리우스, 하얗게 질린

얼굴에는 놀라움과 두려움의 기색이
완연하고, 전쟁화의 복제판을
칠판 곁에 걸어두면서
다행스러운 결말이라고 표현했던
총명했던 보좌신부
신부는 말하기를, 이것은 동방에서
몰려오는 모든 무리의
불가피한 파멸에 대한 실증이며
따라서 구원의 역사에
기여한 작품이라고.
이후에 읽은 글에서 어느 교사는 쓰기를,
죽음이 우리의 눈앞에 놓여 있다고,
교실 벽에 걸린
알렉산드로스대왕의 전투 그림처럼.*
이제 나는 알고 있으니, 이 그림의
드넓은 풍경을, 아시아의 장관을 정말
황새처럼 너른 시야로
둘러보면 인간은 차츰
깨닫는다는 것, 인물들의 무한한
하찮음과 그 위에 궁형으로 펼쳐진

* 프란츠 카프카의 단편 「프로메테우스」에서 가져온 구절이다.

웅장한 자연의
불가해한 아름다움을,
예전에는 미처 알아차리지 못했던
삶의 또다른 면들을.
전장의 풍경 여기저기를 살피다가
북에서 남으로 시선을 내리면
그때 우리의 시야에 들어오는
석양빛에 물든 페르시아 진영의 흰색 천막과
해변에 자리잡은 한 도시,
바깥쪽에서는 바람에 둥글게 부푼 돛을 단
배들이 떠나가고 있습니다. 배들의 그림자는 이미
키프로스 섬에 닿아 있고, 그 너머 저멀리
아득하게 뻗어 있는 이집트 영토,
나일 강의 삼각주,
시나이반도와 홍해,
그리고 더욱더 먼 곳
가물거리며 사라지는 마지막 빛 속에 잠긴
이방의 땅, 아직 개척되지 않은
미지의 아프리카 대륙 위로
탑처럼 솟은
눈과 얼음의 설산.

옮긴이의 말

황무지 위로 퍼지는 광기의 속삭임

이해하기 어려운 것은
바로 자연의 풍경
네가 기차를 타고 저곳에서
또다른 저곳으로 향하는 동안
자연은 침묵 속에서
너의 사라짐을 응시한다.*

2008년 늦가을, 나는 베를린에 있었다. 그곳에서 늘 그렇듯이 한 권의 책과 만났다. 작가는 들어본 적이 없는 W. G. 제발트이고 제목은 '자연을 따라,' 거기에 기묘하게 '기초시'라는 부제가 있었다. 첫 페이지를 펼쳤다. 예상하지 못한 장시의 첫 부분이 나타났다.

* W. G. Sebald, *Über das Land und das Wasser* (München: Carl Hanser Verlag, 2008), 7쪽.

린덴하르트 교회 제단
양측 날개 패널을 닫아
나무조각상 인물들을
속에 가두면,
왼쪽 날개 패널 위로
성 게오르기우스의 모습이 나타난다. (본문 11쪽)

미술관이나 박물관 등에서 르네상스 미술품을 유심히 본 적이 없는 나는 제단Altar이나 제단화의 생김을 그려볼 수가 없었고, 따라서 시의 가장 첫번째 연부터 이해할 수가 없었다. 그것은 아무런 사전 설명 없이, 입체적인 구조의 세 폭짜리 제단과 거기 그려진 그림 앞에 아무런 준비가 안 된 독자를, 그것도 아주 가까이, 불쑥 데려다놓는 식이었기 때문이다. 게다가 성 게오르기우스는 누구란 말인가. "무슨 말인지 잘 이해할 수 없어." 나는 첫 페이지를 펼쳐본 후, 이 독특한 시의 육체 속으로 더이상 진입할 엄두를 내지 못한 채 그 자리에서 생각했다. 아마도 나는, 단어를 하나하나 읽고 머릿속의 사전을 펼치며 문자로 해석해보려고 애썼지, 그림을 보듯이 글의 몸을 한눈에 '보는' 것에 익숙하지 못했던 것이리라.

회색빛과 보랏빛이 섞인 해질녘이었다. 북독일의 한없이 짧고 흐린 태양빛이 베를린 파자넨슈트라세 거리에서 빠른 속도로 기울고 있었다. 왜 이 작가의 이름은 W로 시작하며, 그것이 무엇의 약자인지 책 어디에도 나와 있지 않는 것일까 나는 의아했다. 그리고 늘 그렇듯이, 저녁의 대기 중에는 가슴을 억누르는 슬픔이 가득했다. 집은 멀리 있었고, 집보다 그리운 것은 더더욱 멀었다. "너는 이 작가를 좋아하게 될 거야" 하고 누군가 말했다. "어쩌면 너는 이 작가를 한국에 소개하게 될지도 모르지. 이 책을 번역하면서 말이야." 나는 그 말을 조금도 믿지 않았고, 그다지 우습지 않은 농담이라고만 생각했다. 나는 설명할 수 없는 다른 이유로 가슴이 터질 듯했다. 나는 내가 사랑하게 될 책들을, 하지만 영영 읽지 못할 것이기 때문에 영영 모르고 말 책들과 작가들을 생각했다. 내가 일생 동안 영영 사랑할 기회를 얻지 못할 한없이 사랑하는 것들을 생각했다. 길가의 나무에서 피처럼 새빨간 열매가 땅에 떨어져 천지를 온통 붉게 물들였다. 야외 카페에 앉아 있기에는 추운 저녁이었다. 그러나 우리의 뒤로 사라져가는 문학의 그림자가 우리의 어깨와 감정을 건드렸으므로, 우리는 늦게까지 테이블을 떠나지 못했다. 책을 읽는 사람들은 이미 늙었고, 페이지를 넘기는 손가락에는 주름이 졌다. 독자는 늙어가고, 작가는 죽는다. 독자는 죽고, 작가는 잊힌다. 문학은 누구의 영혼일까. 흐릿하고 차가운 해가 졌다. 존재하지 않는 집으로 돌아갈 시간이다. 촛불이 켜졌다. 시작되는 어둠 속에서 이른 눈이 내리듯이 희미한 흰빛이 너울거렸다.

어떤 사람은 매혹당할 운명으로 태어나 문학을 사랑하기를 멈추지 못한다. 그는 마지막 날까지 자신을 매혹시킬 것을 찾아서 헤맨다. 문학을 헤매는 것은 여행지를 헤매는 것과 다르지 않다. 그는 문학이라는 외국에서 영영 머문다.

독자란 끝내 알지 못할 것을 가장 사랑하며, 일생 동안 그것이 그리워 우는 존재이다. 만약 그 신비의 제단에 우연히, 혹은 누군가의 손길에 끌려 아주 잠깐 발을 들이게 되면, 우리는 그날을 잊지 못한다. 그리하며 기회가 생길 때마다, 예를 들어서 이런 종류의 글에서, 되풀이하여 언급하고 싶어질 것이다. 그날 내 슬픔의 표정을 오해한 누군가가 커피를 마시면서, 일간지 『쥐트도이체 차이퉁』을 세 겹으로 접어 양 사이드가 날개처럼 덮이는 제단의 구조를 만들고, 날개의 앞뒷면에 그림이 그려져 있다고, 지나가는 것처럼 가볍게 설명을 했다. 이렇게 듣고 나면 누구나 그날의 나처럼 이 시의 도입부를 쉽게 이해하게 될 것이다. 나중에 가서야 깨달은 것이지만, 『쥐트도이체 차이퉁』이 만들어 보였던 형태는 시의 도입부를 위한 설명만은 아니었다. 삼부작 산문시 『자연을 따라. 기초시』는, 위대한 화가와 가장 먼 곳으로 갔던 자연연구가, 그리고 작가 자신이 시공을 초월하여 형성하는 문학의 세 폭 제단화Triptychon 그 자체였기 때문이다.

독일에서 태어나 독문학을 전공한 제발트는 영국으로 이주하여 노리치 이스트앵글리아 대학의 문학 교수가 된다. 문학연구가로서 주로 평론과 에세이를 쓰던 그는 사십대 중반인 1988년 첫 시집 『자연을 따라. 기초시』를 발표했다.

이 책의 의미심장한 제목 '자연을 따라. 기초시'는 많은 문학자들과 평론가들에게서 다양한 해석을 이끌어냈다. 루소의 『고백록』 첫 문장 "이것은 온전히 자연을 따라 그대로 묘사된, 한 인간의 순수하게 진실된 유일한 모습이다"에서 인용한 제목이라는 의견이 많지만 일부 제발트 연구자들은 원자론 철학을 바탕으로 한 고대 로마 루크레티우스의 서사시 『사물의 본성에 관하여*De rerum natura*』에서 유래를 찾기도 한다. 제목의 기원을 고대 유물론과 연관시킨다면, 제발트의 독자인 우리는 자연히 '사원소론4Elemente-Lehre' 중 불을 가장 먼저 떠올리게 된다. 인간과 자연의 역사를 재앙의 과정으로 그리고 있는 제발트가 모든 재앙의 상층부에 나타나는 상징으로 세상의 종말을 알리는 듯한 대화재를 반복해서 활용했기 때문이다. 그 유래는 어린 시절 목격한 인근 제재소의 화재에서 출발하지만, 그것은 실제와 환상, 비전의 장면으로 모습을 바꾸며 그의 여러 작품 도처에서 자주 등장한다. 연소는 인간 역사와 연관되어 자연이 소멸해가는 대표적인 경우이다. 그의 작품 『토성의 고리』에서 일인칭 화자는 말한다. "고등식물의 목탄화, 모든 가연성 물질들의 지속적인 연소는 지구상에서 우리 인간을 확산시키는 동력이다. ……모든 것이 연소이며, 연소는 우리가 만들어낸 모든 사물의 내적 원리다."*

제발트는 "인류의 역사는 자연 역사의 예외적 경우"이며, "자연사에 대해서 독립적이거나 자주적이지 않다"라고 했다. 자연의 무상함은 역사적 과정과 밀접한 관련하에 있으며, 그로 인해 역사는 자연에 그 흔적을 남긴다. 자연을 몰락하는 역사의 징후로 보는 아도르노적인 이 생각은 인간 본성human nature과 자연nature 사이의 연속성, 필연성과 함께 『자연을 따라. 기초시』에서 라이트모티프로 작용한다.

이 책의 일부 구절들은 이미 1984년에 문학잡지에 발표된 적이 있다. 제발트가 젊은 시절부터 오랫동안 시를 썼고 잡지에 발표도 했으며 그의 사후 발견된 유작 원고 중에 꽤 많은 시가 있었다는 사실은 우리에게 상대적으로 덜 알려져 있으므로, 제발트를 오직 빼어난 산문 작가로만 알고 있던 독자들은 이 작품을 접하고 살짝 당황스러워할 수도 있다. 비록 스스로의 입으로 "나의 매개체는 산문이다"라고 말하긴 했지만 제발트는 이른 시기부터 많은 열정을 시에 쏟아부었던 시인이기도 하다. 제발트 사후인 2008년에는 생

* W. G. 제발트, 『토성의 고리』, 이재영 옮김(창비, 2011), 199쪽.

전의 발표시들과 유작시들을 모은 시선집 『대지와 물을 지나서』가 출간되기도 했다.

제발트 자신이 '산문시prosagedicht'라고 불렀던 『자연을 따라』는 '기초시'라는 부제가 붙어 있기도 하고 또 분명히 시의 모양을 갖추고는 있으나, 내용상으로는 픽션-바이오그래피라고 볼 수 있게 매우 산문적이고 형식도 라임이나 운율을 거의 무시한 편이어서, 마치 그의 추후 산문들이 탄생하기 위한 기초 스케치나 포석 작업처럼 읽히기도 한다. 제발트의 작품을 꼼꼼히 따라 읽은 독자라면, 그의 전 작품에 반복해서 나타나는 암시와 이미지, 숨겨진 디테일 들을 이 책에서 어렵지 않게 재확인할 수 있을 것이다. 제발트를 깊이 읽어온 어떤 독자들은, 그가 오직 하나의 작품을, 언제나 은밀하게 다른 방식으로 반복해서 써왔다는 느낌을 받기도 한다.

세 편의 장시, 아니 더욱 정확히 말하면 세 부분으로 이루어진 한 편의 장시인 『자연을 따라. 기초시』는 르네상스 시대의 독일 화가 그뤼네발트, 18세기 독일 과학자이며 의사로 비투스 베링의 캄차카 탐험에 동행한 자연연구가 슈텔러, 그리고 작가 자신의 부분적인 전기로 이루어진다. 아마도 제발트는 자신의 세 폭 제단화를 위해 예술적 형제애를 갖고 선택한 이들에게 자기 스스로의 모습을 투영했을 것이다. 우리가 알 수 있는 이 세 인물들의 단 한 가지 뚜렷한 공통점이라면, 그들 모두 눈에 보이는 세계를 이어주는 보이지 않는 연관성, 현세 너머에 있는 궁극의 근원을 발견하고자 애썼다는 것이다.

세 인물의 행적을 따라가며 기록과 픽션, 다큐멘터리와 예술이 자유롭게 뒤섞이는 이 책의 형식은 1990년 발표된 픽션 산문 『현기증. 감정들』과 매우 유사하기도 하다. 제발트는 시공간을 초월하여 이미 오래전에 죽은 작가나 예술가를 스스로의 분신으로 불러내는 기법을 즐겨 활용해왔다. 그가 여러 작품들에서 아래와 같이 "실재하지 않는 시간"의 개념을 반복해서 말해왔던 것을 생각하면, 이것은 단순한 소설의 기법을 넘어서서, 그의 세계관이나 예술관과 밀접한 관련이 있을 것이라고 생각된다.

"과거의 회귀가 일어나는 법칙이야 인간이 알 길이 없겠지만, 세월이 흐를수록 나는, 시간이란 존재하지 않는 허상이며, 그 대신 여러 개의 이질적인 공간들이 우리 지식을 넘어서는 더 고도의 입체기하학적 원리에 의해 겹겹이 포개진 동시성의 세계를 이루고, 산 자와 죽은 자들이 각자의 마음이 내키는 대로 공간과 공간을 이리저리 이동하고 있다는 느낌이 점점 분명해진다……"*

마티아스 그뤼네발트의 이름을 모르는 독자라 해도 〈이젠하임 제단화〉 중 〈십자가의 예수〉 그림은 본 적이 있으리라. 영원과 대비되는 인간의 숙명을 처참하게 재현한, 고통의 비전으로 충만한 독일 르네상스 미술의 대표적인 작품이다. 마티아스 그뤼네발트는 생애는 물론이고 그의 이름부터 출생지까지, 하나도 명확하게 알려지지 않았다. 그는 사후 150년가량 거의 잊힌 예술가였다가, 요아힘 폰 잔다르트에 의해 1675년 미술사에 최초로 기록되었다. 잔다르트는 당시 뒤러의 작품으로 잘못 알려져 있던 〈이젠하임 제단화〉가 그뤼네발트의 작품이라고 밝혀냈다. 하지만 그뤼네발트가 공식적으로 미술사에서 인정을 받은 것은 19세기에 들어와서의 일이다. 마티아스 그뤼네발트 혹은 마티아스 폰 아샤펜부르크가 그와 동시대의 인물인 마티스 고타르트-니타르트 혹은 마티스 니타르트-고타르트와 동일인물인 경우 그뤼네발트는 1475년 내지 1480년 뷔르츠부르크에서 태어나 1528년 8월 31일 할레에서 죽었다. 그 둘이 동일인이 아닐 경우 그뤼네발트는 아샤펜부르크 인근에서 태어나 1531년 내지 1532년 죽은 것으로 추정된다. 현재는 그 둘을 동일인으로 보는 미술사가들이 다수이지만, 제발트는 이 시에서 그들을 서로에게 에로틱한 형제애를 느끼

* W. G. 제발트, 『아우스터리츠』, 안미현 옮김(을유문화사, 2009), 204쪽. 일부 수정.

는 별개의 인물로 묘사한다. 잔다르트가 그랬던 것처럼, 제발트 역시 역사적으로 거의 아무것도 알려지지 않은 화가 그뤼네발트의 흔적을 작품들과 그 안에 숨겨진 화가의 자화상을 하나하나 따라가는 방식으로 추적한다.

'화가 마티아스'라는 명칭이 아샤펜부르크 시 공식 문서에 적혀 있을 뿐, 그뤼네발트는 별도의 생애 기록을 남기지 않았다. 당시의 다른 화가들이 그랬던 것처럼 그뤼네발트도 궁정 소속 화가로서 건축 감독, 수력기관 개발 등의 책임자로 일했고, 1525년 궁정에서 해고된 뒤에는 비누 제조자로 생계를 해결한 듯하다. 그가 아샤펜부르크를 떠나 프랑크푸르트로 향한 것이, 1525년 실패로 끝난 농민전쟁과 관련이 있는지, 그에게 일감을 주는 고위 성직자인 대주교가 그의 루터 사상에 분노했기 때문인지, 우리는 알 길이 없다. 그뤼네발트의 종교적 사회적 견해를 말해주는 유일한 증거물은 오직 그의 작품들뿐이다. 15세기 독일 예술의 이상화된 그리스도의 모습과는 전혀 닮은 구석이 없는, 참혹하게 리얼하여 보는 이의 가슴을 찢을 듯이 강렬하고 격앙된 정서를 불러일으키는 〈이젠하임 제단화〉의 〈십자가의 예수〉는, 농민전쟁과 종교개혁이라는 변혁의 물결을 겪느라 사방에 공포의 기운이 감돌고, 죽음의 광란이 퍼져 있었던 당시 이 지상의 풍경과 거기서 살아가는 인간의 모습에서 고스란히 영감을 받은 것이리라.

중세 유럽에 만연하던 안토니우스열병의 치료와 환자 수용의 사명을 띠고 최초의 기독교 수사인 대 안토니우스의 이름을 딴 안토니우스 교단이 1095년 남프랑스 지역에 설립되었다. 이 병원 교단은 안토니우스열병의 치료에 성과를 보였고, 15세기에는 유럽에 370여 개의 병원을 유지하게 된다. 현재 프랑스 알자스 지역에 있는 이젠하임 수도원도 그중의 하나였다. 제작연도가 1506년에서 1515년 사이인 것으로 추정되는 〈이젠하임 제단화〉는 중부 유럽에서 흔하게 볼 수 있는 '날개형 세 폭 제단'으로, 가장 안쪽 중앙에 무대처럼 움푹 파인 성물 안치소에는 나무조각상이 있고, 왼쪽과 오른쪽에는 앞뒤 양면에 그림이 그려진 세 겹의 패널문이 있어서 문을 하나씩 닫을 때마다 나란히 배치된 세 폭의 그림이 새롭게 나타나는 구조이다. 이젠하임 수도원의 모든 환자는 치료를 받기 전에 무조건 고해를 바치고 성찬식에 참여해야만 했고, 그 일련의 과정은 태양이 사라진 골고다 언덕의 암흑 하늘과 죽음보다 더한 고통으로 사지가 뒤틀린 인간 예수의 처참한 육신이 묘사된 그뤼네발트의 제단화 앞에서 이루어졌다.

제발트의 독자들은 여기서 그의 작품 『이민자들』을 기억할 수도 있으리라. 『이민자들』의 마지막 단편에서 화가인 막스 페르버는 폐허로 변해가는 그을음투성이의 도시 맨체스터에서 우연히 알게 된 독일인 청년 화자에게 자신이 콜

마르로 가서 본 그뤼네발트의 제단화에 대해서 이야기해준다. "극단주의적이고, 지극히 세밀한 부분까지 철저하게 파고들고, 모든 관절을 뒤틀어놓은 그 기이한 화가의 세계관이 색채 속에서 병처럼 번져간다"*라고.

제발트의 다른 작품들도 마찬가지지만, 이 책에도 그림에 관한 묘사가 유난히 빈번하게 등장한다. 그래서 이 책을 읽는 독자들은 제발트가 한 편 한 편의 그림마다 제시하는 모티프를 따라 상상의 이미지를 구축하는 일이 처음에는 좀 수고스러운 독서라고 느낄지도 모른다. 어쩌면 일부 독자들은 왜 제발트가 그럼에도 불구하고 유독 이 책에만 시각 자료를 넣지 않았는지 의아한 생각도 들 것이다. 하지만 이 책에서 그림이 묘사되는 것은, 도록에서처럼 그림을 그대로 보여주려는 시도는 아니다. 그림을 보는 제발트의 시선을, 보고 있는 제발트를 보게 하려는 이차적 감각 행위에 가깝다. 이 작품에서 본다는 행위는 중요하기 때문에, 실제로는 아무것도 안 보이는 것일 수도 있다. 그뤼네발트가 검은 천으로 자신의 눈을 가리면, 제발트는 볼 수 없다. 무엇에 사로잡힌 듯, 자신을 방어할 줄도 몰랐고, 달아날 생각도 하지 않았던 농민군은, 곡식이 베어지듯이 학살을 당했고, 살아남은 자들은 눈알이 파이는 형벌을 받는다. 독자들

* W. G. 제발트, 『이민자들』, 이재영 옮김(창비, 2008), 213쪽.

에게 암전이 찾아온다. 행성들은 서로 하나의 몸으로 합치된다. 붉은 별이 농민의 상징인 토성과 합을 이루고, 환상의 불길이 환하게 타오른다. 일식이 닥친다. 이젠하임 제단화의 하늘은 완전히 검다. 십자가의 예수는 고통에 몸부림친다. 화가의 죽음은 시신경의 파괴와 함께 도래한다. 세상의 색채가 사라진다. 5월 18일, 화가는 검은 천을 눈에 두른다. 한여름 눈의 기적이 내렸다. 흰빛이 찾아온 것이다. "마지막 시신경이 / 파괴되는 날, 하늘은 고요하고 / 세상은 오직 흰빛이리니. 마치 / 알프스의 / 눈과 같이."(본문 49쪽)

5월 18일은 제발트가 세상에 태어난 날이기도 하다.

「시편」 139편의 구절을 제목으로 삼은 시 「그리고 내가 바다 끝에 가서 머물지라도」에도 한 인물이 나온다.

게오르크 빌헬름 슈텔러Georg Wilhelm Steller(1709~1746)는 비투스 베링의 제2차 캄차카 탐험(1733~1743)에 동행한 독일인 의사이며 자연연구가이다. (G. W. 슈텔러, 이 이름에서 우리는 문득 W. G. 제발트Sebald와의 기묘한 유사성을 발견한다. 제발트는 자신과 이니셜이 일치하는 인물을 스스로 자연의 의형제로 선택한 것이다. 이것은 순전히 우연일 뿐일까?)

직간접 참여 인원이 3000명 이상이었던 이 역사적 대탐험은 알래스카를 비롯하여 알류샨열도와 코만도르스키예제도의 발견, 러시아와 쿠릴열도의 북동 해안선 정밀측량, 시베리아와 캄차카반도에 대한 인종학적 역사적 자연과학적 연구라는 성과를 거두었다. 그러나 아시아 북동부 해안에서 배가 좌초하는 바람에 16세기 초반부터 숙원이었던 경제적 효용을 노린 북동항로의 개척에는 성공하지 못했다.

바트 빈츠하임의 성가대 지휘자이자 오르간 연주자의 아들로 태어난 슈텔러는 집안은 가난했으나 시에서 주는 장학금을 받고 무료기숙 김나지움을 다녔다. 학업과 숙식을 제공해주는 대신에 매우 혹독하고 금욕적인 환경을 견뎌내야만 하는 곳이었다. 그곳에서의 오 년이란 시간을 보내면서 슈틸러는 높은 수준의 의무감, 성실, 책임감, 인내심 등을 체질화할 수 있었고 이것은 이후 그의 시베리아 탐험에 큰 도움이 되었다. 김나지움을 마친 그는 비텐베르크에서 신학을 공부했으나 곧 의학과 동물학, 식물학 등의 자연과학으로 방향을 바꾸었고 예나와 라이프치히를 거쳐 할레에서 대학을 마쳤다. 그리고 빈털터리나 다름없는 상황에서, 그단스크에 주둔하던 러시아 해군의 의료선에 의료 조수로 승선하여 상트페테르부르크로 향한다. 당시 러시아는 외국 지식인들을 적극적으로 불러들이고 있었으므로 독일의 많은 젊은 과학자들이 러시아행을 선택했다. 1734년 상트페테르부르크에 도착한 그는 식물원에서 러시아정교회 대주교인 테오판 프로코포비치를 알게 된다. 1737년 대주교 덕분에 슈텔러는 상트페테르부르크 과학아카데미의 보좌관으로 임명되며 같은 해 캄차카 탐험대의 일원으로 선발된다.

상트페테르부르크를 떠나기 직전, 그는 독일 출신의 의학자이자 시베리아 연구가 다니엘 고틀리프 메서슈미트의 과부인 브리기테 헬레네와 결혼한다. 하지만 이 결혼은 오래가지 못했고, 시베리아로 떠나기도 전 모스크바에서 파경에 이르고 만다. 거의 일만 킬로미터에 이르는 캄차카까지, 극단적으로 나쁜 날씨와 현지 공관의 고질적인 관료주의와 싸우며 길도 없는 시베리아를 지나오는데 이 년 반이란 시간이 소요된다. 마침내 캄차카에 도착한 슈텔러는 개썰매를 타고 다니며 캄차카반도의 생태와 환경 조사에 나섰고, 당시 팽배해 있던 유럽인종의 우월의식은 전혀 없이 그곳 토착민인 이텔멘족과 자주 만나면서 그들의 풍습과 민속, 언어를 연구한다. 당시 러시아 개척자들은 토착민을 잔인하게 다루었지만 슈텔러는 자신의 안위를 생각하지 않고 항상 토착민 편에 서곤 했다. 1741년 2월 탐험대장인 비투스 베링의 편지를 받는다. 사퇴해버린 탐험대의 의사 자리를 맡아서 베링의 아메리카 항해에 동행해달라는 것이다. 1741년 6월 15일, 베링과 슈텔러가 탄 스뱌토이표트르호와 스뱌토이파벨호가 러시아 캄차카반도의 극동 아바차 만의 페트로파블롭스크를 떠났다. 그로부터 칠 주 후, 스뱌토이표트르호는 북위 58도 14분에서 최초로 육지와 만난다. 알래스카의 발견이다. 알래스카 만의 엘리아스 섬(현재의 카약 섬)에 상륙한 슈텔러는 열 시간 동안 머물면서 160여 종의 식물을 스케치했으며 동물과 기후, 지형을 관찰하고 알류트족 거주지를 발견하기도 한다. 이로써 그는 알래스카에 발을 디딘 최초의 유럽인이 되었다. 캄차카로 돌아가던 중인 1741년 11월 16일, 스뱌토이표트르호는 캄차카에서 150킬로미터 떨어진 코만도르스키예제도, 나중에 베링 섬이라고 불리게 되는 무인도에서 좌초하고 만다. 대원들은 섬에서 스스로 땅굴을 파고 혹독한 겨울을 보내야 했다. 영양 결핍과 괴혈병, 추위와 습기, 절망과 질병으로 다수의 희생자가 생기며, 선장 비투스 베링도 그중의 하나였다. 하지만 슈텔러는 특유의 끈기와 에너지로 섬의 동식물과 생태계를 관찰, 기록했는데 그의 이름을 따서 명명된 스텔러바다사자Hydrodamalis gigas는 슈텔러가 그곳에서 최초로 발견한 종이다. 고래 다음으로 덩치가 큰 이 독특한 바다 포유류는, 동작이 느린데다 인간에 대한 경계심도 전혀 없었으므로 스뱌토이표트르호의 대원들이 베링 섬에서 겨울을 나는 데 결정적인 식량 역할을 했다. 그러나 슈텔러의 관찰기 덕분에 널리 알려진 스텔러바다사자는 이듬해 코만도르스키예제도로 몰려온 사냥꾼들 때문에 발견 이십칠 년 만인 1768년경에 멸종하고 말았다. 베링 섬에서 겨울을 난 생존자들은 스뱌토이표트르호의 잔해로 보트를 만들어 1742년

9월 6일 마침내 캄차카의 항구로 돌아올 수 있었다. 1743년 캄차카 탐험이 공식 종결되었고, 슈텔러는 1744년 8월 열여섯 상자 분량의 연구 결과물을 갖고 상트페테르부르크로 귀환하던 도중에 1745년 초 이르쿠츠크에서 고발을 당한다. 동부 시베리아의 소수민족들이 러시아 정부에 반기를 들도록 선동했을 뿐만 아니라 그들에게 무기까지 건네주었다는 혐의였다. 결국 증거 불충분으로 풀려나기는 했지만 그는 1745년 크리스마스 무렵, 시베리아의 한겨울을 향해서 더욱 깊숙이 들어간다. 이미 수많은 난관을 겪으면서 허약해져 있던 그의 육신은 곧 열병에 걸린다. 마지막 남은 최후의 안간힘으로 여정을 계속하던 그는 모스크바에서 2000킬로미터 떨어진 시베리아의 튜멘에서 1746년 11월 12일 서른일곱의 나이로 숨을 거둔다. 그는 수많은 연구 기록과 스케치, 그리고 베링과 함께한 캄차카-아메리카 항해기를 남겼다. 슈텔러의 작업은 르네상스 시대의 의사이며 연금술사이자 비술사秘術師인 파라셀수스의 정신과 부합하는 것이었다. 파라셀수스는 이렇게 썼다. "그리스도는 말했다, 페르스크루타미니 스크리프투라스(문헌을 연구하라), 하지만 이 말을 왜 이렇게 바꾸면 안 되는가, 페르스크루타미니 나투라스 레룸(자연을 연구하라)!" 문헌은 문자로 연구하지만, 자연은 땅에서 땅으로 다니면서 연구한다.

사회로부터 멀리 떨어져, 문명으로부터 멀리 떨어져 자

신의 소명을 다했던 슈텔러에게서 제발트는 스스로의 또 다른 자아를 발견한다. 일생 동안 여행자이며 연구자로 살아온 슈텔러와 마찬가지로 제발트 또한 자신의 모든 작품에서 여행자이며 연구자인 화자이기 때문이다. 마찬가지로 독일인 과학자이면서 시베리아와 남부 러시아를 탐험한 팔라스는 자신의 여행기에서 슈텔러의 최후를 묘사했다. 그에 따르면 슈텔러는 죽은 뒤에 꿈속에서 "풀을 뜯는 매머드를 바라보았고, / 밤이 되자 누군가가 와서 / 그의 몸에서 외투를 벗겨낸 다음 (…) 맞아 죽은 한 마리 여우처럼 남겨진 그를 / 눈 위에 버려두고"(본문 95쪽) 떠났다고 한다.

삼부작의 마지막인 「어두운 밤이 전진한다」는 작가 자신과 생애가 일치하는 화자가 등장하는데, 제발트는 이것을 일종의 "전후 시대의 자연사"라고 불렀다. 그에 걸맞게 이 작품은 선사시대의 화석층을 관찰하면서 한 인간의 기원에 대해 생각하는 것으로 시작된다.

빈프리트 게오르크 제발트는 1944년 5월 18일 독일 알고이의 베르타흐에서 삼 남매 중 둘째로 태어났다. 작품에 묘사된 대로라면, 그의 어머니는 1943년 8월 582대의 폭격기가 뒤러의 도시를 잿더미로 만들었던 뉘른베르크 폭격의 목격자였으며, 그곳에서 가까운 (슈텔러의 고향이기도 한) 빈츠하임으로 피난을 갔다가 자신의 임신 사실을 알아차렸다고 한다. 잉태와 전쟁, 탄생과 '파괴의 자연사'는 이렇듯 서로 밀접한 관련하에서 발생한다.

제발트는 여기서 불타는 소돔을 배경으로 새로운 종족의 시초가 잉태되는 알트도르퍼의 그림 〈롯과 그의 딸들〉을 언급한다. 불타는 뉘른베르크를 배경으로 일어난 자신의 잉태와 비교한 것이다. 어머니는 뉘른베르크 폭격 당시의 감정에 대해서 기억하지 못했다. 하지만 알트도르퍼의 그림은 그의 어머니가 기억하지 못한 그것을 재현해주는 내용이다. 공교롭게도 뉘른베르크는 성 제발두스의 도시이다.

이렇듯 제발트는 자신의 탄생에 불운의 징조를 스스로 수여한다. "그때 성좌가 차가운 토성의 지배 아래 있"었다고. 토성은 서구 점성술에서 질병과 불운, 멜랑콜리의 행성이다. 그런데 이 구절은 괴테가 『시와 진실』의 첫 부분에서 자신이 태어나던 순간을 "성좌는 행운의 징조를 보였다. 처녀자리에 위치한 태양은 그날 하루의 정점에 다다라 있었다. 목성과 금성이 서로를 다정하게 마주보았고 수성의 위치도 거슬리지 않았다. 토성과 화성은 서로 무관하게 자리잡았다"로 묘사한 것과 완전한 대조를 이룬다. 제발트가 태어날 당시는 전쟁중이었고, 이제 곧 뇌우를 동반한 악천후가 시작될 터이지만 사람들은 평화를 가장한 예수승천축일 행사를 벌이고 있었다.

그러므로, 많은 평자들이 언급하는 '제발트식 멜랑콜리'

라는 말의 근원지는 사실 제발트 자신이라고 볼 수 있다. 여기서 멜랑콜리란 단순한 기분이나 슬픔의 정서가 아니라, 광기와 우울처럼 우주적 질서에 의해서 규정된, 행성의 영향을 받은 남다른 운명을 나타내는 것이며, 유럽식 사체액설四體液說에 따르면 '검은 담즙'이 유발한 우수 때문에 삶이 음울해지는 유형이기도 하다.

기계공이었던 그의 아버지는 1929년 독일군에 입대하여 직업군인으로 나치 치하의 시대까지 계속 군에 머물렀고 대위까지 진급했다가 전쟁중에 포로가 되어 1947년까지 프랑스 포로수용소에 있었다. 돌아온 다음에도 근처의 읍내에서 일을 했으므로 제발트는 아버지를 볼 기회가 거의 없었다. 그 대신 어린 시절 제발트에게 가장 큰 영향을 미친 사람은 마을의 경찰관이었던 외할아버지 요제프 엥겔호퍼였다. 외할아버지는 그에게 글을 가르쳤으며 책을 읽어주었고 둘은 함께 인근 자연을 산책하고 돌아다녔다. 그의 고향은 일 년 중 다섯 달 동안이나 눈에 덮여 있는 외지고 조용한 골짜기였고 전쟁의 상흔도 있지 않았으므로, 제발트는 열일곱 살 되던 해 어느 날 벨젠 수용소에 관한 다큐멘터리 필름을 볼 때까지 1945년 이전에 일어났던 일에 관해서 전혀 모르고 있었다. 포로수용소에서 돌아온 그의 아버지는 전쟁에 대해 단 한 마디도 하지 않았기 때문이다. 전후 독일에서는 베를린과 프랑크푸르트 등 대도시 일부 지역을 제외하면 유대인을 만날 기회가 없었다. 또 전쟁의 상흔을 텔레비전에 비친 베를린의 거리 풍경 등에서만 보았던 그는, 대도시란 원래 저렇게 폐허의 잔해가 굴러다니는 곳이라고 생각하며 어린 시절을 보냈다. 그러다 대학생이던 1966년 영국 맨체스터에 가서야 비로소 전쟁이 사람들에게 실제의 상흔을 남겼음을, 그뤼네발트의 그림이 보여주는 질병의 색채가 그대로 현실임을 알았고, 산업혁명과 맨체스터 자본주의가 남겨놓은 "죽어버린 신화의 강"을 처음으로 목격할 수 있었다. (그 한 예가 『이민자들』에 등장하는 「막스 페르버」이다. 그 단편에는 제발트가 최초로 영국 맨체스터에 도착한 당시의 인상이 상세히 나와 있는데, 「어두운 밤이 전진한다」의 맨체스터 묘사 부분과 많은 이미지가 중첩된다. 막스 페르버의 이야기는 제발트의 마지막 장편인 『아우스터리츠』의 출현을 암시하기도 한다. 제발트가 자신의 모든 작품을, 하나의 전체로 연결하면서 작업을 해왔다는 흔적은 여기저기에서 너무도 자주 발견되어 일일이 언급하는 것이 불가능할 정도이다.)

이 책의 마지막에 화자는 꿈속에서 뮌헨을 향해 날아간다. 알테 피나코테크 미술관에 있는 알트도르퍼의 또다른 그림 〈알렉산드로스 대전〉을 보기 위해서이다. 〈알렉산드로스 대전〉은 기원전 334년 마케도니아의 알렉산드로스대왕이 아나톨리아의 이소스 평원에서 페르시아의 다리우스왕을 무찌른 대전투를 묘사한 작품이다. 당시 수천 명에 이르는 양측 군대의 장비들과 인물들 하나하나뿐 아니라 천막과 진영의 모습까지 고증을 통해 (그리스군은 푸른색, 페르시아군은 붉은색 의복에 터번으로) 치밀하고 섬세하게 재현했다. 그림은 다리우스가 달아나면서 서구가 승리를 거두는 결정적인 장면을 포착하고 있지만, 기묘한 아이러니처럼, 그 순간 서쪽에서는 태양이 저물고, 동쪽에서는 오리엔트의 상징인 달이 떠오른다. '무한히 하찮은 인물들'이 필사적이고 치열하게 삶과 죽음의 난투를 펼치는 살육장 위, "웅장한 자연의 불가해한 아름다움"이 궁형으로 펼쳐진다. 알트도르퍼는 이 그림에 지도를 그려넣었는데, 특이하게도 남쪽을 위에 배치했다. 그래서 그림의 위로 지중해와 키프로스 섬이 보이고, 그 뒤로 홍해가, 오른편에는 이집트와 나일 델타가 있으며 가장 먼 곳에서 아프리카의 설산 봉우리가 희게 빛난다.

첫번째 시는 화가 그뤼네발트의 죽음으로 끝나며, 두번째 시는 슈텔러의 죽음으로 끝난다. 그리고 세번째 시는 벽에 걸린 알트도르퍼의 그림을 가리키는 "죽음이 우리의 눈앞에 놓여 있다"라는 카프카의 인용으로 막이 내린다. 그뤼네발트와 슈텔러의 죽음, 그리고 얼마 후 도래할 작가 자신의 죽음이, 승리와 영광이라고 믿지만 사실은 '파괴의 자연사'를 쌓아가는 인간 역사를 묘사한 알트도르퍼의 그림에

투영되고 있다. 권력과 정복에의 지향은 나폴레옹과 히틀러에게로 자연스럽게 이어질 것이다. "이것은 / 약속된 종말인가? / 오, 돌로 된 인간들아."(본문 134쪽)

마지막으로, 우리는 세 편의 시가 모두 흰 눈의 이미지로 끝나는 것에 주목한다. 제발트에게 눈의 흰빛은 초월이고 형이상학이었으며 세계의 '정지 상태'에 대한 상징이었다. 마지막 페이지를 덮는 독자들의 눈앞에 암울한 종말에의 검은 약속이 펼쳐질지도 모른다. 마치 흰 눈 위에 적힌 문학적 서명signature처럼.

배수아

참고 문헌

—Claudia Albes, "Porträt ohne Modell. Bildbeschreibung und autobiographische Reflexion in W. G. Sebalds 'Elementargedicht' *Nach der Natur*," in: Michael Niehaus, Claudia Öhlschläger(Hg.), *W. G. Sebald. Politische Archäologie und melancholische Bastelei* (Berlin: Erich Schmidt Verlag, 2006), 47~75쪽.

—Uwe Schütte, *W. G. Sebald. Einführung in Leben und Werk* (Göttingen: Vandenhoeck & Ruprecht, 2011).

—Frank Schwamborn: "Erinnerung und Apokalypse. W. G. Sebald in seinem lyrischen Erstling *Nach der Natur*," in: 『アルテス リベラレス(岩手大学人文社会科学部紀要)』, 제93호(2014년 3월), 45~65쪽.

W. G. 제발트 연보

1944년 5월 18일 독일 바이에른 주 베르타흐에서 태어난다. 베르타흐는 어린 제발트에게 큰 영향을 끼친 외조부가 마흔 해 동안 지방 경찰관으로 근무한 곳이다.

1947년 프랑스에서 전쟁포로로 억류되어 있던 부친이 귀환한다.

1952년 바이에른 주 존트호펜으로 이주한다.

1956년 외조부가 세상을 떠난다.

1963년 심장병 때문에 병역을 면제받고, 프라이부르크에서 독일문학을 전공한다.

1965년 스위스 프리부르(프랑스어권)로 옮겨 공부를 계속한다.

1966년 학사학위 취득. 같은 해, 연구생 자격으로 영국 맨체스터 대학에 진학한다.

1967년 오스트리아 출신 여성과 결혼한다.

1968년 카를 슈테른하임에 관한 논문으로 석사학위를 취득하고, 1969년까지 스위스 장크트갈렌에 있는 기숙학교에서 한 해 동안 교사 생활을 한다.

1969년 『카를 슈테른하임: 빌헬름 시대의 비평가이자 희생자*Carl Sternheim: Kritiker und Opfer der Wilhelminischen Ära*』 출간.

1970년 영국 노리치의 이스트앵글리아 대학에서 강의를 시작한다.

1973년 알프레트 되블린에 관한 논문으로 박사학위 취득.

1975년 뮌헨의 괴테인스티투트에서 근무한다.

1976년 아내, 딸과 함께 다시 영국으로 이주하여 노퍽 주 포링랜드에 있는 사제관에서 근무한다.

1980년 『되블린 작품에 나타난 파괴의 신화*Der Mythus der Zerstörung im Werk Döblins*』 발표.

1985년 에세이집 『불행에 관한 기술. 슈티프터에서 한트케까지 오스트리아문학에 관하여*Die Beschreibung des Unglücks. Zur österreichischen Literatur von Stifter bis Handke*』 출판.

1986년 함부르크 대학에 교수자격논문 제출.

1988년 이스트앵글리아 대학 현대독일문학 교수직으로 임명된다. 『급진적 무대: 1970년대와 1980년대 독일 연극*A Radical Stage: Theatre in Germany in the 1970s and 1980s*』 편집. 첫 산문시집 『자연을 따라. 기초시』 출간.

1989년 이스트앵글리아 대학에 영국문학번역센터를 창립한다.

1990년 『현기증. 감정들*Schwindel. Gefühle.*』 출간.

1991년 『섬뜩한 고향. 오스트리아문학에 관한 에세이*Unheimliche Heimat. Essays zur österreichischen Literatur*』 출간.

1992년 『이민자들*Die Ausgewanderten. Vier lange Erzählungen*』 출간.

1994년 베를린 문학상, 요하네스 보브롭스키 메달, 노르트 문학상을 수상한다.

1995년 『토성의 고리. 영국 순례*Die Ringe des Saturn. Eine englische Wallfahrt*』 출간.

1997년 뫼리케 상, 윈게이트 픽션 상, 하인리히 뵐 상을 수상한다.

1998년 『시골 여관. 고트프리트 켈러, 요한 페터 헤벨, 로베르트 발저 등의 작가 초상*Logis in einem Landhaus. Autorenportraits über Gottfried Keller, Johann Peter Hebbel, Robert Walser u.a.*』 출간.

1999년 『공중전과 문학*Luftkrieg und Literatur. Mit einem Essay zu Alfred Andersch*』 출간.

2000년 하이네 상, 요제프 브라이트바흐 상을 수상한다.

2001년 영문 시집 『벌써 몇 년*For years now*』 출간. 『아우스터리츠*Austerlitz*』 출간. 국제적인 호평을 받는다. 12월 14일 노리치 부근에서 교통사고로 세상을 떠난다.

2002년 브레멘 문학상을 수상한다. 『아우스터리츠』로 전미비평가협회상, 윈게이트 픽션 상을 수상한다.

2003년 『못다 이야기한 것, 서른세 편의 텍스트*Unerzählt, 33 Texte*』, 산문과 비평 선집 『캄포 산토*Campo Santo*』 출간.

2008년 시선집 『대지와 물을 지나서*Über das Land und das Wasser. Ausgewählte Gedichte 1964~2001*』 출간.

W. G. 제발트 선집 02
자연을 따라. 기초시

1판 1쇄 2017년 2월 20일
1판 2쇄 2019년 12월 19일

지은이 W. G. 제발트
옮긴이 배수아
펴낸이 염현숙

기획 고원효
책임편집 허정은
편집 송지선 김영옥 고원효
디자인 고은이 최미영
저작권 한문숙 김지영
마케팅 정민호 이숙재 양서연 안남영
홍보 김희숙 김상만 오혜림 지문희 우상희
제작 강신은 김동욱 임현식
제작처 영신사

펴낸곳 (주)문학동네
출판등록 1993년 10월 22일 제406-2003-000045호
주소 10881 경기도 파주시 회동길 210
전자우편 editor@munhak.com
대표전화 031) 955-8888 | 팩스 031) 955-8855
문의전화 031) 955-1933(마케팅) 031) 955-2685(편집)
문학동네카페 http://cafe.naver.com/mhdn
문학동네트위터 @munhakdongne
북클럽문학동네 http://bookclubmunhak.com

ISBN 978-89-546-4453-2 03850

www.munhak.com